Voyage au centre de la Terre

쥘 베른 지음

1828년에 프랑스 서부의 항구 도시 낭트에서 태어났으며, 어린 시절부터 바다와 그 너머 미지의 세계를 동경했다. 소년 시절 인도행 무역선에 몰래 탔다가 아버지에게 들키자 "앞으로는 꿈속에서만 여행하겠다"고 약속했다고 한다. 변호사인 아버지의 뜻에 따라 법률을 공부했으나 그의 꿈은 작가가 되는 것이었다. 20대에는 극작가를 지망했지만 빛을 보지 못했고, 1863년에 《기구를 타고 5주간》이 출간되어 성공을 거두면서 인기 작가가 되었다. 그 후 《해저 2만 리》《80일간의 세계일주》 같은 '경이의 여행' 연작을 해마다 두어 편씩 집필하여 1905년에 죽을 때까지 80여 편의 장편소설을 남겼다. 세계 각국에서 번역되어 수많은 독자들의 사랑을 받았으며, 그는 '과학소설의 아버지'라는 칭호를 얻었다.

김석희 옮김

서울대학교 불문학과를 졸업하고 대학원 국문학과를 중퇴했으며, 1988년 한국일보 신춘문예에 소설이 당선되어 작가로 데뷔했다. 영어·프랑스어·일본어를 넘나들며 허먼 멜빌의 《모비 딕》, 헨리 소로의 《월든》, F. 스콧 피츠제럴드의 《위대한 개츠비》, 알렉상드르 뒤마의 《삼총사》, 생텍쥐페리의 《어린 왕자》, 시오노 나나미의 《로마인 이야기》 등 많은 책을 번역했으며, 제1회 한국번역대상을 받았다.

Voyage au centre de la Terre

지구 속 여행

쥘 베른 지음 | 김석희 옮김

1판 1쇄 인쇄 2023년 3월 27일 | 1판 1쇄 발행 2023년 4월 3일

펴낸이 정중모 | 펴낸곳 열림원어린이 | 등록 1988년 1월 21일(제406-2000-000202호)
편집장 서경진 | 편집 정혜연, 김보라 | 디자인 권순영 | 마케팅 김선규 | 홍보 최가인
온라인사업팀 서명희 | 제작 윤준수 | 관리 이원희, 고은정, 구지영
주소 경기도 파주시 회동길 152
전화 031-955-0670 | 팩스 031-955-0661 | 홈페이지 www.yolimwon.com
전자우편 bbchild@yolimwon.com

ISBN 978-89-6155-166-3 04800, 978-89-6155-905-8(세트)

Voyage au centre de la Terre

지구 속 여행

쥘 베른 지음 | 김석희 옮김

열림원어린이

쥘 베른(Jule Verne)은 과학의 시대가 시작될까 말까 한 1828년에 태어나 20세기가 막 시작된 1905년에 세상을 떠났습니다. 그러니 그는 19세기 사람이었지요. 게다가 그는 과학자도 아니고 기술자도 아니었습니다. 그런데도 그는 20세기에 이룩된 놀라운 과학기술의 진보에 실질적으로 참여했습니다. 영감을 받은 몽상가이자 인류의 미래상을 통찰한 예언자로서.

베른은 죽을 때까지 80여 편의 소설을 썼는데, 과학소설·모험소설·환상소설 등이 망라된 이 총서를 '경이의 여행' 시리즈라고 부릅니다. 그중에서 62편의 장편 소설을 보면 지상과 지하, 하늘과 바다에 그가 '탐험'하지 않은 곳이 없고, 그가 작품 속에서 '발명'한 기계와 장치들 중에는 훗날 실용화되어 우리 생활에 편의를 가져다준 것이 적지 않습니다. 그래서 우리는 그에게 '과학소설의 아버지'라는 칭호를 바침으로써 그의 공적을 기리고 있는 것이지요.

이렇게 놀라운 상상력과 비범한 통찰력을 가진 작가 쥘 베른은 어떤 사람이었을까요?

쥘 베른은 프랑스 북서부의 항구 도시 낭트에서 태어났습니다. 낭트는 대서양으로 흘러드는 루아르강 연안에 위치한 지리적 여건 때문에 예로부터 무역 기지로 발달했으며, 그런 만큼 이국정서가 풍부한 도시였지요. 그런 환경 속에서 태어나 자란

덕에 쥘 소년의 마음에도 일찍부터 바다와 그 너머에 대한 동경이 싹텄던 모양입니다.

그의 생애를 이야기할 때면 빼놓지 않고 인용되는 에피소드가 하나 있습니다. 열한 살 때인 1839년, 동갑내기 사촌누이에게 연정을 품고 있던 쥘은 산호 목걸이를 구해다 주려고 인도로 가는 무역선에 몰래 탔다가 배가 프랑스 해안을 벗어나기 직전에 루아르강 어귀에서 아버지에게 붙잡히고 맙니다. 그때 소년은 "앞으로는 상상 속에서만 여행하겠다"고 약속했다고 합니다. 이 유명한 '전설'이 사실인지 아닌지는 알 수 없지만, 낭만적인 꿈을 좇아 미지의 세계로 떠나려는 소년의 모습은 과연 쥘 베른답다는 생각이 듭니다.

그 후 베른은 변호사인 아버지의 뜻에 따라 법조계에 진출하려고 파리로 나와 법률을 공부하게 됩니다. 1849년에 법학대학을 졸업했지만, 소싯적부터 문학에 관심을 가졌던 베른은 낭트로 돌아가지 않고 문학의 길을 걷기로 결심합니다. 1857년에는 남편을 여의고 두 아이를 키우던 젊은 여인 오노린과 결혼했으며, '생계를 위해' 한때 증권거래소에 취직하기도 했습니다.

그러면서도 베른의 문학 활동은 계속되었지만, 가벼운 희극이나 단편소설을 쓰는 정도였습니다. 그러다가 1862년에 베른은 열기구를 타고 아프리카 대륙을 탐험하는 이야기를 썼습니다. 당시 열기구 비행은 대중의 관심을 모았지만, 베른의 소설은 출간될 전망조차 보이지 않았습니다. 그는 원고를 들고 여기저기 출판사를 찾아다니는 형편이었지요. 그 무렵, 베른의 생애에서 가장 중요한 만남이 이루어집니다. 피에르-쥘 에첼 (1814~1886)과의 만남이었습니다.

에첼은 단순한 출판업자가 아니었습니다. 직접 작품을 쓴 작가였고, 공화주의자로서 나폴레옹 3세의 제정(1852~1870)이 시작되자 벨기에로 잠시 망명했다가 파리로 돌아온 뒤에는 아동 도서 출판에 힘을 쏟게 됩니다. 당시 프랑스에서는 가톨릭교회가 아동 교육을 지배하고 있었습니다. 프랑스의 미래는 교육에 달려 있다고 생각한 에첼은 나라의 새싹들이 종교에 편향되고 시대에 뒤떨어진 교육에 묶여 있는 현실을 개탄하고, '재미있고 유익한 책', 특히 당시의 교육 체제에서 무시되고 있던 유용한 과학 지식을 알기 쉽게 가르치는 서적을 출판하여 새 시대에 어울리는 아이들을 키우려고 했습니다.

1862년에 에첼은 청소년용 잡지인 〈교육과 오락〉을 창간할 계획을 세우고 집필자를 찾고 있었습니다. 따라서 두 사람의 만남은 양쪽에 운명적인 고리가 되었지요. 에첼은 베른의 원고를 읽고는 그 재능을 한눈에 알아보고 장기 계약을 맺었습니다. 이리하여 소설가 베른이 탄생하게 된 것입니다.

1863년에 《기구를 타고 5주간》이 출간되어 대성공을 거두었고, 그 후 베른은 쌓여 있던 것을 토해 내듯 차례로 작품을 써냈습니다. 그리하여 '경이의 여행' 시리즈로 지금도 전 세계 독자들에게 사랑받고 있는 걸작들이 1년에 두세 권이라는 놀라운 속도로 잇따라 태어났습니다.

1869년에 《해저 2만 리》를 발표한 뒤, 1872년에는 파리를 떠나 아내의 고향인 아미앵으로 이주했습니다. 이 무렵부터 베른은 국민적, 아니 세계적인 명성을 얻게 되었습니다. 발표하는 작품마다 베스트셀러가 되었고, 레지옹도뇌르 훈장과 아카데미 프랑세즈 문학상 등의 영예도 얻었지요. 이렇게 명성과 부를 얻었지만 그의 생활방식에는 거의 변화가 없었습니다. 1888년에는 아미앵 시의회 의원에 당선되기도 했지만, 사교계에는 발을 끊고 집안에 틀어박힌 채, 백내장으로 말미암은 시력 저하와 싸우면서도 집필에만 몰두했습니다.

1905년, 전부터 앓고 있던 당뇨병이 악화하여, 3월 24일 베른은 가족에게 둘러싸인 가운데 숨을 거두었습니다. 장례식에는 수많은 사람이 모여들었고, 전 세계에서 조의를 표하는 편지가 밀려들었다고 합니다.

《지구 속 여행》(Voyage au centre de la Terre)은 '경이의 여행' 시

리즈의 초기작 가운데 하나이며, 1864년 11월 에첼 출판사에서 단행본으로 출간되었습니다. 《기구를 타고 5주간》으로 명성을 얻은 뒤, 드디어 재능을 발휘할 마당을 찾은 30대 중반의 작가답게 긴장감과 유쾌함이 적절하게 어우러진 생기발랄한 작품입니다.

특히 등장인물의 설정과 그 조합이 재미있습니다. 화자인 '나'(악셀)는 모험 여행의 주역이 아니라 마지못해 따라온 겁 많은 청년입니다. 일행은 '나'의 삼촌이자 고명하고 대담무쌍한 리덴브로크 교수와 침착하고 냉정하며 과묵한 안내인 한스인데, 이들 세 사람이 절묘한 삼인조를 이루어 파란만장하면서도 익살스러운 모험담이 전개됩니다.

이야기는 헌책방에서 우연히 발견한 고문서에서 시작됩니다. 그 문서에 적힌 룬 문자의 뜻을 해석하는 일은 수수께끼를 푸는 듯한 즐거움과 긴장감을 불러일으킵니다. 300년 전의 여행가가 남긴 발자취를 따라서 지구의 중심을 찾아가는 여행은 무엇보다도 '과학적 탐구 여행'으로 제시되어 있습니다.

하지만 여행이 진행될수록 이야기는 과학의 옷을 걸친 채 차츰 환상의 영역으로 들어갑니다. 수치나 학술 용어 속에 신비로운 '동굴의 몽상'이 섞이고, 학문적 고찰의 대상이었던 지하 세계는 흙과 물과 불과 공기라는 네 원소와 관련된 물질적 상상력이 활동하는 무대로 변모합니다.

　과학과 몽상의 '겹침'에서는 공간과 시간의 관계가 중요한 역할을 맡고 있습니다. 지구 속으로 내려갈수록 변화하는 지층은 지질학이나 고생물학 지식에 따른 '해설'을 통해 시간적 '역행'과 결부되어 있습니다. 다시 말해서 지구 속 여행은 곧 시간 탐험이기도 합니다. 아래로 내려갈수록(혹은. 속으로 들어갈수록) 세 사람은 인류의 역사, 생물의 역사, 지구의 역사를 거꾸로 더듬어가게 됩니다. 여행의 목적지인 '중심'은 결국 '기원'인 것입니다.

　《지구 속 여행》은 과학 소설이면서 계몽적이고 오락적인 작품이지만, 하나의 교양 소설로도 읽을 수 있습니다. 겁쟁이에다 우유부단한 젊은이였던 주인공 악셀은 미로를 지나고, 암흑과 고독으로 시련을 겪고, 괴물을 만나고 불의 세례를 받으면서 위험에 가득 찬 지옥 순례를 거친 뒤 어엿한 성인이 되어 지상으로 돌아옵니다. 그가 시련을 이겨낸 대가로 얻는 것은 아름다운 여인의 사랑이지요. 이렇게 수수께끼 풀이와 과학적 탐구로 시작된 모험담은 동화 같은 해피엔딩으로 막을 내립니다.

　책 속에 실린 삽화는 에두아르 리우(1833~1900)가 동판화로 제작한 것입니다.

끝으로, '쥘 베른 걸작선'(전20권/열림원)이라는 이름의 번역 선집이 나와 있음에도 아동-청소년용으로 새로 다듬어 펴내는 사정을 밝히려고 합니다.

쥘 베른의 '경이의 여행' 시리즈는, 앞에서도 말했듯이 프랑스의 아이들에게 과학 지식을 보급하려는 취지에서 기획되었습니다. 그런 만큼 이 소설에는 과학 분야의 다양한 지식과 정보가 장면에 따라 펼쳐지고, 온갖 학술 용어가 나열되기도 합니다. 당시만 해도 가장 새롭고 높은 수준의 지식이었을 테지만, 지금의 관점에서 보면 시대에 뒤떨어진 설명이 될 수밖에 없지요. 게다가 19세기 중엽의 이야기를 다루고 있어서, 오늘날의 아이들이 읽기에는 어렵거나 지루해서 걸림돌이 되는 부분도 적지 않습니다. 이런 문제 때문에 우리나라 아이들이 읽는 데 불편하다면, 그 불필요한 곁가지(말하자면 원작을 읽을 때 건너뛰어도 괜찮은 부분)를 쳐내는 방식으로 축약해도 좋지 않을까 싶었습니다.

작업은 두 단계로 진행되었습니다. '쥘 베른 걸작선'에 포함된 《지구 속 여행》을 대본으로 삼아, 우선 수필가인 최향숙 씨가 두 아이를 키운 엄마의 눈높이로 곁가지를 정리해 주었고(그 자상한 노고에 감사드립니다), 그런 다음 내가 두 손주를 둔 할아버지의 마음으로 글과 내용을 다듬었습니다. 그러니 한결 쉽고 편하게 읽을 수 있을 것이고, 그런 만큼 읽는 재미도 더욱 쏠쏠해질 것이라 믿습니다.

2023년 새봄을 맞으며
김석희

| 차례 |

옮긴이의 말 _ 5

1장 리덴브로크 교수의 고문서 _ 17

2장 풀리지 않는 암호 _ 27

3장 암호 풀이에 성공하다 _ 34

4장 지열 논쟁 _ 44

5장 내 사랑 그라우벤 _ 52

6장 출발 _ 61

7장 아이슬란드로! _ 69

8장 안내인 한스 비엘케 _ 80

9장 셀베르투 _ 88

10장 스나이펠스산 _ 99

11장 지구 속으로 _ 110

12장 물이 없다 _ 122

13장 갈증 _ 130

14장 한스천 _ 140

15장 실종 _ 149

16장 멀리서 들리는 목소리 _ 156

17장 리덴브로크해 _ 164

18장 지구 속 해안 _ 175

19장 항해 일지 ① _ 182

20장 항해 일지 ② _ 193

21장 도착한 곳은? _ 204

22장 지구 속 인간 _ 210

23장 300년 전의 단검 _ 218

24장 장애물 제거 _ 226

25장 화산 폭발! _ 235

26장 여기가 어디지? _ 247

27장 귀국 _ 255

1장

리덴브로크 교수의 고문서

1863년 5월 24일 일요일, 나의 삼촌인 리덴브로크 교수는 함부르크(독일 북부 엘베강 하류에 있는 도시)의 구시가지 중에서도 가장 오래된 동네인 쾨니히가 19번지에 있는 작은 집으로 가쁜 숨을 몰아쉬며 돌아왔다.

가정부 마르테는 점심 준비가 많이 늦어졌다고 생각했을 것이다. 화덕에서는 수프가 이제 겨우 끓기 시작했으니까.

'야단났군.' 나는 속으로 중얼거렸다. 삼촌은 세상에서 가장 성질이 급한 데다 배가 고프면 잠시도 못 참는 양반이라, 한바탕 호통을 쳐 댈 게 뻔했기 때문이다.

마르테가 식당 문을 살짝 열고는 놀란 듯이 외쳤다.

"주인님이 벌써 돌아오셨네요!"

"하지만 너무 걱정하지 마세요. 아직 두 시도 안 됐잖아요."

"무엇 때문에 이렇게 일찍 돌아오셨을까요?"

"글쎄요. 뭔가 이유가 있겠죠, 뭐."

"나는 이만 물러갈 테니까 도련님이 잘 말씀드려 주세요."

마르테는 재빨리 자신의 '요리 실험실'로 사라져 버렸다.

난감했다. 교수들 중에서도 가장 까탈스럽고 화를 잘 내는 사람을 달랜다는 것은, 나처럼 성격이 무르고 트릿한 사람에게는 도저히 불가능한 일이었다. 그래서 나는 꼭대기 층에 있는 내 작은 방으로 얌전히 물러가기로 했다.

하지만 그때 현관문이 열리는 소리가 났다. 이어서 나무 층계를 쿵쿵 밟는 요란한 발소리가 들리고, 이 집의 주인 나리께서 식당을 가로질러 서재로 들어갔다. 그러고는 쩌렁쩌렁 울리는 목소리로 조카인 나를 불렀다.

"악셀, 따라와!"

내가 아직 몸도 움직이기 전에 삼촌은 벌써 다급한 목소리로 호통을 쳤다.

"아직도 안 오고 뭘 꾸물거리고 있는 거냐?"

나는 얼른 삼촌의 서재로 뛰어 들어갔다.

오토 리덴브로크 교수가 심술 사납고 고약한 사람이 아니라는 것은 사실 나도 인정하고 싶다. 하지만 뭔가 뜻밖의 변화라도 일어나지 않는 한, 삼촌은 아마 죽을 때까지 괴짜로 남아 있을 것이다.

삼촌은 요하네움 대학에서 광물학을 가르치고 있는데, 강의 때마다 한두 번은 반드시 화를 냈다. 그것은 학생들에게 강의를 열심히 듣도록 하기 위해서도 아니고, 강의를 열심히 들어서 나중에 좋은 성적을 받도록 하기 위해서도 아니었다. 삼촌은 적어도 그런 사소한 일에 신경 쓰는 사람이 아니었다. 철학 용어를 빌려서 말하자면 삼촌은 '주관적'으로, 그러니까 남을 위해서가 아니라 자신을 위해서 강의를 하고 있었다. 한마디로 말해서 삼촌은 지식 내주기를 아까워하는 이기적인 학자였다.

그래도 삼촌은 역시 진정한 학자였다. 때로는 광석 표본을 너무 거칠게 다루다가 깨뜨리는 일도 있지만, 지질학자의 천부적 재능과 광물학자의 감식안을 아울러 갖추고 있었다. 그래서 리덴브로크라는 이름은 학계에도 널리 알려져 있었다. 삼촌은 화학 분야에서도 상당히 중요한 발견을 했고, 1853년에는 저서를 출간하기도 했다. 게다가 삼촌은 유럽 전역에서 이름 높은 광물 박물관 관장직도 맡고 있었다.

좀 전에 나를 그처럼 다급하게 부른 리덴브로크 삼촌은 대충 이런 인물이었다. 독자 여러분은 키가 훤칠하고 깡마른 체격에 강철처럼 튼튼하고 쉰 살이 넘었는데도 숱 많은 금발 덕분에 열 살은 젊어 보이는 남자를 떠올려 주기 바란다. 커다란 눈은 커다란 안경 속에서 화살처럼 날카로운 눈빛을 주위에 끊임없이 쏘아대고, 길고 가는 코는 마치 예리한 칼날 같았다. 험담하기 좋아하는 사람들은 이렇게 주장하기도 한다. 삼촌이 광물에 환장하는 까닭은 그의 코가 자기를 띠고 있어서 쇠붙이를 빨아들이기 때문이라고. 물론 터무니없는 헛소리였다. 삼촌의 코가 빨아들이는 것은 담배뿐이었다. 삼촌은 대단한 애연가였다.

걸을 때는 자로 잰 것처럼 정확하게 보폭 1미터로 성큼성큼 걷고, 반드시 두 주먹을 꽉 움켜쥔다. 이는 성질이 급하고 격렬하다는 것을 보여주는 증거다. 이쯤 얘기하면 누구나 삼촌의 됨됨이를 알아차리고, 그가 얼마나 사귀기 힘든 사람인지 짐작할 수 있을 것이다.

삼촌이 살고 있는 쾨니히가의 작은 집은 목재와 벽돌을 반반씩 사용하여 지은 건물이었다. 1842년의 대화재 때 천만다행으로 재난을 면한 함부르크의 구시가지 한복판에는 구불구불한 운하가 몇 개나 얽혀서 흐르고 있는데, 이 집도 그런 운하에 면해 있었다.

삼촌은 독일의 대학교수치고는 유복한 편이어서, 집은 모두, 그러니까 건물도 내용물도 모두 삼촌 것이었다. 내용물이란 열일곱 살의 피후견인 그라우벤과 가정부 마르테, 그리고 나를 말한다. 조카에 고아라는 이중 자격을 가진 나는 삼촌의 실험 조수 역할을 맡고 있었다.

솔직히 말하면 나는 지질학에 열렬한 흥미를 가지고 깊이 몰두해 있었다. 내 혈관에는 광물학자의 피가 흐르고 있는지, 귀중한 돌을 만지작거리고 있으면 따분해진 적이 한 번도 없었다.

요컨대 쾨니히가의 이 작은 집에서 사는 것은 즐겁고 행복했다. 삼촌은 워낙 성미가 급해서 종종 함부로 굴 때도 있지만, 그래도 역시 나를 사랑해 주었기 때문이다. 하지만 삼촌은 느긋하게 기다릴 줄을 모르고 매사에 항상 서둘렀다. 4월에 응접실의 화분에 금계초나 나팔꽃 모종을 심으면, 삼촌은 모종이 좀 더 빨리 자라게 하려고 아침마다 이파리를 잡아당길 정도였다. 이런 괴짜와 잘 지내려면 고분고분 따르는 게 상책이다. 그래서 나는 서재로 쏜살같이 달려갔다.

삼촌의 서재는 박물관이나 마찬가지였다. 그곳에는 광물계의 온갖 표본들이 가연질, 금속질, 암석질로 나뉘어 순서대로 진열되어 있고, 이름표도 붙어 있었다.

이런 광물학의 골동품에 대해서는 나도 꽤 알고 있었다. 흑연, 무연탄, 석탄, 갈탄, 토탄 등의 표본에서 먼지를 닦아내는 일은 친구들과 놀러 다니며 시간을 낭비하는 것보다 훨씬 재미있었다. 역청과 수지 따위는 티끌 하나 묻지 않도록 세심하게 보살펴야 했다. 철에서 금에 이르는 다양한 금속은 과학 표본으로서 모두 똑같은 가치를 지니고 있었다. 그 절대적 가치에 비하면 상대적 가치는 전혀 중요하지 않았다. 그리고 각종 보석류! 그것을 다 팔면 쾨니히가의 낡은 집을 새로 짓고, 나도 모든 게 두루 갖추어진 멋진 방을 하나 더 얻을 수 있을 텐데.

하지만 삼촌의 서재로 뛰어 들어갔을 때는 그런 꿈같은 생각을 하고 있을 여유가 없었다. 삼촌은 커다란 안락의자에 몸을 깊이 묻고는, 두 손으로 받쳐 든 커다란 책을 감탄하는 눈빛으로 열심히 훑어보고 있었다.

"훌륭한 책이야! 정말 굉장한 책이야!" 삼촌은 거듭해서 외쳤다.

새삼스러운 사실도 아니지만, 삼촌은 시간이 날 때마다 귀한 책을 찾아다니는 수집광이었다. 하지만 삼촌이 가치를 인정하는 책은 좀처럼 구하기 힘든 희귀본이거나 내용을 이해할 수 없는 어려운 책들뿐이었다.

"이 책은 말이다, 오늘 아침에 헤벨리우스의 책방을 뒤지다가 찾아낸 귀중한 보물이야."

"굉장하군요!" 나는 억지로 감탄한 체하며 맞장구를 쳤다.

책등도 표지도 낡아빠진 책, 색 바랜 서표 끈이 매달려 있고 누렇게 퇴색한 헌책 하나 때문에 그런 법석을 떨었단 말인가?

그래도 삼촌은 계속 감탄사를 연발하고 있었다.

"이것 좀 봐라. 아름답지 않니? 그래, 정말 훌륭해. 그리고 이 제본 상태를 봐! 아주 쉽게 펼쳐지지? 어디를 펼쳐도 펼쳐진 채 그대로 있어. 하지만 닫으면 어떨까? 흐음, 표지와 내지가 딱 겹쳐지고 어디에도 빈틈이 없어. 그리고 이 책 등은 어떠냐? 700년이나 지났는데도 찢어진 데가 없이 말짱해."

이렇게 말하면서 삼촌은 그 헌책을 계속 펼쳤다 닫았다 하고 있었다. 나는 조금도 흥미가 없었지만, 그래도 그 책의 내용에 대해 물어보는 체라도 하지 않을 수 없었다.

"그런데, 그 훌륭한 책의 제목이 뭐예요?"

"이 책 말이냐? 12세기 아이슬란드의 유명한 저술가인 스노리 스투를루손이 쓴 《헤임스 크링글라》야! 아이슬란드를 지배했던 노르웨이 왕들의 연대기이지."

"정말요?" 나는 열띤 표정으로 외쳤다. "물론 독일어로 번역한 거겠죠?"

"뭐, 번역? 이건 아이슬란드어 원서야. 아이슬란드어는 풍부하면서도 단순하고, 어형 변화가 다채로운 훌륭한 언어지."

"그렇군요. 활자는 깨끗한가요?"

나는 조금 흥미를 느끼기 시작했다.

"활자라고? 미련한 놈! 누가 활자라고 하던? 네 눈엔 이게 활자본으로 보이냐? 이건 필사본이야, 필사본. 게다가 룬 문자로 쓰여 있어."

"룬 문자요?"

"그래. 룬 문자는 옛날 아이슬란드에서 사용된 문자인데,

전설에 따르면 오딘(북유럽 신화에 나오는 최고 신)이 직접 발명했대. 이걸 봐라! 이 아름다운 문자에는 버릇없는 네놈도 탄복할걸!"

나는 대꾸할 말이 없어서 납작 엎드리기로 했다. 그런데 그때 어떤 사건이 일어나 대화의 흐름이 엉뚱한 방향으로 바뀌어 버렸다. 헌책 속에서 너저분한 양피지(양가죽을 말려서 만든 종이) 한 장이 바닥에 떨어진 것이다.

삼촌은 황급히 그 양피지에 덤벼들었다. 삼촌이 그처럼 허둥대는 이유는 쉽게 이해할 수 있었다. 언제인지 모를 까마득한 옛날부터 그 헌책 속에 끼워져 있던 자료는 삼촌이 보기에 엄청난 가치를 지니고 있을 게 분명하기 때문이다.

"이게 뭐지?" 삼촌이 외쳤다.

그러면서 양피지를 책상 위에 조심스럽게 펼쳐 놓았다. 길이 15센티미터에 폭이 10센티미터쯤 되는 그 양피지에는 뭐가 뭔지 알 수 없는 문자가 몇 줄로 나열되어 있었다.

다음의 그림은 그 문자를 베낀 것이다.

삼촌은 이 문자를 잠시 바라보다가 안경을 들어 올리면서 말했다.

"이건 룬 문자야. 그런데…… 도대체 이게 무슨 뜻일까?"

내가 보기에 룬 문자는 고매한 학자들이 우매한 세상 사람들을 골려 주려고 발명한 것 같았기 때문에, 그 앞에서 삼촌이 쩔쩔매는 모습을 보고 왠지 고소한 기분이 들었다. 삼촌의 손이 심하게 떨리기 시작한 것으로 보아, 삼촌은 그 문서를 전혀 이해하지 못하는 것 같았다.

"옛 아이슬란드어인 건 분명한데……." 삼촌은 이를 악물고 중얼거렸다.

삼촌은 많은 외국어에 능통한 사람으로 알려져 있었다. 물론 삼촌이 지구상에서 쓰이고 있는 2천 종의 언어와 4천 종의 방언을 다 유창하게 구사할 수 있는 것은 아니지만, 그래도 꽤 많은 언어를 알고 있을 터였다. 그러니 이런 언어쯤은 당연히 알고 있어야 했다.

뜻밖의 난관에 부닥친 삼촌은 여느 때처럼 당장이라도 울화통을 터뜨릴 기세였다. 한바탕 태풍이 몰아치겠구나 생각하고 있을 때, 벽난로 위에 걸린 괘종시계가 2시를 알렸다.

그러자 당장 마르테가 서재 문을 열고 말했다.

"점심 식사가 준비됐습니다."

"점심? 지옥에나 가라고 해! 그걸 만든 놈도, 먹는 놈도 다!"

가정부는 잽싸게 달아났다. 나도 그 뒤를 따랐다. 그리고 어찌해야 좋을지 모른 채 식당의 내 자리에 가서 앉았다.

잠시 기다렸지만 삼촌은 나타나지 않았다. 삼촌이 점심 식사라는 엄숙한 의식을 빼먹은 것은, 내가 아는 한 이번이 처음이었다. 게다가 점심은 진수성찬이었다! 파슬리 수프, 육두구와 괭이밥으로 맛을 낸 오믈렛, 자두 소스를 끼얹은 송아지 고기 구이. 디저트로는 설탕을 넣은 참새우 푸딩, 거기에 곁들여 마실 고급 포도주.

그런데 삼촌은 낡은 양피지 한 장 때문에 이렇게 맛있는 음식을 포기할 작정인 것이다. 나는 헌신적인 조카로서 삼촌 몫까지 대신 먹어 주는 것이 도리라고 생각했다. 그래서 아주 성실하게 그 의무를 수행했다.

"세상에! 주인님이 식사를 거르시다니! 이런 일은 처음이에요." 마르테가 말했다.

"정말 믿을 수 없는 일이죠."

내가 대답하자 늙은 가정부는 고개를 설레설레 저으면서 말했다.

"이건 엄청난 일이 벌어질 조짐이에요!"

아니나 다를까, 내가 마지막 참새우를 입에 넣으려는 순간 집 안을 쩌렁쩌렁 울리는 큰 소리가 들려왔기 때문에, 나는 그 맛있는 디저트를 포기하고 한달음에 서재로 달려갔다.

2장

풀리지 않는 암호

"이건 분명히 룬 문자야." 삼촌은 양미간을 찌푸리면서 말했다. "하지만 여기에는 분명 비밀이 숨겨져 있어. 그 비밀을 반드시 찾아내고야 말겠다. 그렇지 않으면……."

삼촌은 말 대신에 격렬한 몸짓을 해 보였다.

"여기 앉아! 그리고 받아써!" 삼촌은 주먹으로 탁자 의자를 가리키면서 명령했다.

나는 얼른 자리에 앉아 종이와 연필을 준비했다.

"지금부터 이 룬 문자에 대응하는 알파벳을 한 글자씩 말할 테니까 받아쓰도록 해라. 그런 다음 그 뜻을 생각하기로 하자. 틀리지 않도록 조심해!"

그리하여 받아쓰기가 시작되었다. 나는 틀리지 않으려고

정신을 바짝 차렸다. 알파벳을 차례로 받아쓴 결과, 무슨 뜻인지 전혀 이해할 수 없는 낱말이 나열되었다.

작업이 끝나자 삼촌은 내가 받아쓴 종이를 낚아채어 한참 동안 열심히 들여다보았다.

"이게 도대체 무슨 뜻이지?" 삼촌은 멍한 얼굴로 몇 번이고 같은 말을 되풀이했다.

나는 물론 그 질문에 대답할 수 없었다. 게다가 삼촌도 나한테 묻는 것이 아니라 혼잣말을 하고 있었을 뿐이다.

"이건 암호문이야. 일부러 글자 순서를 엉망으로 바꿔서 의미를 알 수 없게 했어. 그러니까 글자를 바른 순서대로 늘어놓기만 하면 뜻이 통하는 문장이 될 거야. 어쩌면 엄청난 발견의 실마리가 될지도 몰라!"

내가 보기에는 어떤 비밀도 숨겨져 있는 것 같지 않았지만, 굳이 내 의견을 말하지는 않았다.

"그래서 나는 이렇게 생각한다. 이 책을 소유하고 있던 누군가가 이 수수께끼의 암호문을 썼다고 말이다. 하지만 그 사람은 도대체 누구였을까? 이 책 어딘가에 이름이 적혀 있지 않을까?"

삼촌은 다시 안경을 들어 올리고 커다란 확대경으로 책의 첫 부분을 면밀히 조사하기 시작했다. 그러고는 속표지 뒤쪽에서 잉크 얼룩처럼 보이는 반점을 찾아냈다. 눈을 바짝 들이대고 자세히 보니 반쯤 지워진 글자 몇 개를 알아볼 수 있었다. 삼촌은 그 반점을 확대경으로 꼼꼼히 조사하여 마침내 그 희미한 기호들을 식별해 냈다. 그것은 다음과 같은 룬 문자였고, 삼촌은 단번에 읽어 낼 수 있었다.

ᚠᚴᛋᚼ ᛋᚦᛘᛋᚿᛋᛋᛏᚼ

"아르네 사크누셈!" 삼촌은 득의양양하게 외쳤다. "대단히 중요한 사람의 이름이지. 아이슬란드 사람인데, 16세기의 학자이자 유명한 연금술사였어!"

나는 감탄하여 삼촌의 얼굴을 쳐다보았다.

"뭔가 놀랄 만한 것을 발견하고, 그것을 이 수수께끼 같은 암호문 속에 감추어 놓았을지 몰라. 그러니 우선 이 암호문에 사용된 언어를 알아내야 해. 그건 별로 어려운 일이 아니야. 사크누셈은 교양과 학식을 갖춘 인물이었어. 그런 인물이 모국어로 글을 쓰지 않았다면, 16세기 문화인들 사이에 널리 쓰이고 있던 언어를 택했을 게 분명해. 즉 라틴어지. 그래, 16세기 학자들은 대개 라틴어로 글을 썼으니까, 라틴어라고 단정해도 좋을 거야."

나는 의자에서 펄쩍 뛰어오를 뻔했다. 라틴어라면 나도 조금 배운 적이 있기 때문에, 이렇게 이상야릇한 말들이 베르길리우스(고대 로마의 시인)의 아름다운 말과 같은 언어라고는 도저히 믿을 수 없었다.

"그래, 이건 분명 라틴어야! 하지만 뒤죽박죽 뒤섞인 라틴어야."

'그럼 그렇지!' 나는 속으로 생각했다. '뒤죽박죽이 된 것을 다시 원래 상태로 돌려놓을 수 있다면 삼촌은 정말 대단한 분이야.'

"잘 검토해 보자꾸나." 삼촌은 내가 받아쓴 쪽지를 집어 들면서 말했다. "글자들이 엉터리로 나열되어 있지만, 어떤 공식에 따라 수학적으로 배열한 게 분명해. 원래 문장을 제대로 쓴 다음, 정해진 규칙에 따라 글자의 순서를 뒤바꾼 것 같아. 따라서 그 규칙을 찾아내야 해. 암호의 열쇠만 알아내면 해독은 식은 죽 먹기지. 하지만 그 열쇠가 도대체 뭘까? 악셀, 너는 알겠니?"

나는 아무 대답도 하지 않았다. 하지만 그럴 만한 이유가 있었다. 내 시선은 그때 벽에 걸려 있는 그라우벤의 초상화에 못 박혀 있었기 때문이다. 아름다운 그라우벤. 그녀는 삼촌의 후견과 보호를 받고 있지만, 그때는 알토나(독일 함부르크의 근교 마을)에 있는 친척네 집에 가 있었다. 그라우벤이 없어서 나는 무척 쓸쓸했다. 사실 우리는 삼촌 몰래 결혼을 약속한 사이였다. 삼촌은 완고한 과학자여서 이런 감정을 이해할수 없었기 때문이다. 그라우벤은 금발에 푸른 눈을 가진 매력적인 아가씨였다. 성격은 좀 고지식하고 진지한 편이지만, 그렇다고 해서 나를 사랑하지 않는 것은 아니었다. 나는 그

녀를 열렬히 사랑하고 있었다.

그라우벤은 내 일을 도와주고 나를 즐겁게 해 주는 충실한 벗이었다. 게다가 웬만한 학자 뺨치게 유능한 광물학자였다! 우리는 날마다 함께 연구하면서 즐거운 시간을 보내곤 했다.

쉬는 시간이 되면 우리는 자주 밖에 나가, 풀이 무성한 알스터 호반의 오솔길을 걸어서 호수 건너편에 있는 낡은 물방앗간까지 산책하곤 했다. 엘베강 기슭까지 가면 우리는 커다란 수련 사이를 헤엄치고 있는 백조들에게 인사를 보낸 뒤 증기선을 타고 돌아오곤 했다.

이런 몽상에 잠겨 있을 때 삼촌이 책상을 주먹으로 쾅 내리쳤기 때문에 나는 황급히 현실로 돌아왔다.

"그래. 어떤 문장의 글자 순서를 뒤죽박죽으로 섞으려 할 때 가장 먼저 떠오르는 방법은 낱말을 가로로 쓰는 대신 세로로 쓰는 방법일 거야."

'삼촌은 정말 똑똑해.' 나는 속으로 중얼거렸다.

"그러면 어떻게 되는지 조사해 볼 필요가 있어. 악셀, 이 종이에 뭐든지 좋으니까 문장을 하나만 써 봐라. 다만 가로로 쓰지 말고 세로로 쓰는 거야. 대여섯 글자가 세로로 한 줄을 이루도록 말이다."

나는 삼촌이 뭘 요구하는지 알았기 때문에, 당장 위에서 아래로 써 내려갔다.

"좋아." 삼촌은 보지도 않고 말했다. "다 됐으면 이번에는 그걸 가로로 나열해 봐."

나는 시키는 대로 했다.

"잘했다!" 삼촌은 종이를 낚아채면서 말했다. "고문서와 비슷한 형태가 됐군. 모음과 자음이 몇 개씩 한데 모여서 뒤죽박죽으로 배열되어 있고, 낱말 중간에 쉼표가 나오는 것까지 사크누셈의 양피지와 똑같아!"

나는 이 말을 듣고 과연 삼촌은 대단하다고 인정하지 않을 수 없었다.

"그런데 말이다, 네가 지금 어떤 문장을 썼는지는 모르지만, 그 문장을 알려면 우선 각 낱말의 첫 글자를 차례대로 읽고, 다음에는 두 번째 글자, 그다음에는 세 번째 글자를 차례대로 읽으면 돼."

이 방식으로 삼촌은 다음과 같은 문장을 찾아냈다. 삼촌도 놀랐겠지만, 나는 더 놀랐다.

너를 사랑해, 나의 귀여운 그라우벤!

"호오!" 삼촌이 말했다.

사랑에 빠진 나는 나도 모르는 사이에 멍청하게도 이런 문장을 써 버린 것이다.

"그러니까 너는 그라우벤을 사랑한다, 이 말이지?"

삼촌은 보호자다운 어조로 물었다.

"예…… 아니, 저어……." 나는 어물쩍거렸다.

"그라우벤을 사랑한다는 말이렷다. 좋아. 그럼 이 방식을 고문서에다 적용해 볼까?"

낡은 양피지를 다시 집어 드는 삼촌의 손이 바르르 떨렸다. 정말로 흥분했다는 증거다. 삼촌은 크게 헛기침을 한 다음, 엄숙한 목소리로 각 낱말의 첫 글자부터 차례대로 읽으면서 그것을 나에게 받아쓰게 했다.

솔직히 말하면, 이 작업을 끝냈을 때 나는 머리가 완전히 멍해져 버렸다. 한 자씩 낭독된 이 글자들이 내 머릿속에서는 아무런 의미도 이루지 않았기 때문이다. 그래서 나는 삼촌의 입에서 훌륭한 라틴어 문장이 유창하게 흘러나오기를 기다리고 있었다.

그런데 이게 웬일인가! 주먹으로 책상을 쾅 내리치는 소리가 났다. 잉크가 사방으로 튀고, 내 손에서 펜이 날아갔다.

"이건 아니야! 이럴 리가 없어!"

삼촌이 외쳤다. 그러고는 대포알같이 서재를 뛰쳐나가 눈사태처럼 층계를 뛰어 내려가더니, 쏜살같이 쾨니히가로 달려 나갔다.

3장

암호 풀이에 성공하다

"나가셨나요?"

마르테가 큰 소리로 물었다. 집을 뒤흔들 만큼 현관문이 요란하게 닫히는 소리에 깜짝 놀라 층계를 뛰어 올라온 것이다.

"그래요. 아주 나가셨어요!"

"그럼 점심 식사는 어떡하실까요?"

"아마 안 드실 거예요."

"저녁은요?"

"저녁도 안 드실 거예요!"

"뭐라고요?" 마르테는 두 손을 맞잡으면서 말했다.

"아줌마, 삼촌은 이제 아무것도 안 드실 거예요. 삼촌만이 아니라 다른 식구들도 먹을 수 없을 거예요. 삼촌은 암호를, 그것도 결코 풀 수 없는 암호를 풀 때까지 우리 모두에게 단식을 시킬 작정이니까!"

"맙소사! 그럼 우리 모두 굶어 죽을 수밖에 없겠네요!"

삼촌처럼 고집 센 폭군과 함께 살면 그것은 피할 수 없는 운명이다.

나이 든 가정부는 몹시 걱정스러운 표정으로 웅얼거리면서 일터로 돌아갔다.

다시 혼자 남게 되자 나는 안락의자에 몸을 던지고 팔을 양옆으로 축 늘어뜨린 채 고개를 뒤로 젖혔다. 층계 쪽에서 발소리가 들리지 않나 하고 이따금 귀를 기울였지만, 아무 소리도 나지 않았다. 삼촌은 지금 어디 계실까? 그리고 어떻게 하고 있을까? 나는 보지 않아도 그 모습이 보이는 듯했다. 두 팔을 휘두르며 지팡이로 격렬하게 벽을 찔러 대고, 사납게 풀을 때리고, 엉겅퀴 꽃의 목을 치고, 고독한 황새들의 잠을 방해하면서 알토나 거리의 아름다운 가로수 아래를 뛰어다니고 있는 모습이.

'이게 도대체 무슨 뜻일까?'

나는 종이에 나열되어 있는 글자들을 몇 개씩 묶어 보았다. 하지만 아무래도 잘 되지 않았다. 두 글자씩, 세 글자씩 묶어 보아도 안 되고, 다섯 글자나 여섯 글자씩 묶어 보아도 뭔가 뜻 있는 낱말은 나오지 않았다.

나는 아무래도 풀리지 않는 수수께끼와 열심히 씨름했다. 머리가 과열되어 몽롱해지기 시작했고, 눈은 종이쪽지를 너무 열심히 들여다보아서 따끔거릴 정도였다. 피가 거꾸로 솟구치면 반짝거리는 은빛 물방울이 머리 위를 떠돌듯이, 글자들이 내 주위에서 춤을 추며 날아다니는 것 같았다.

나는 일종의 환각에 사로잡혀 있었다. 숨이 막혀서 공기가 필요했다. 나는 무의식중에 손에 든 쪽지로 팔랑팔랑 부채질을 했다. 종이의 앞면과 뒷면이 번갈아 내 눈앞을 지나갔다. 그렇게 종이가 팔랑팔랑 움직이다가 뒷면이 내 쪽으로 향한 순간, 라틴어 낱말 몇 개가 눈 속으로 뛰어 들어왔다. 'craterem(분화구)'나 'terrestre(지구의)' 같은 낱말은 틀림없는 라틴어였다.

갑자기 한 줄기 빛이 내 머릿속을 꿰뚫고 지나갔다. 방금 얻은 단서만으로도 나는 진실을 꿰뚫어볼 수 있었다. 암호를 푸는 열쇠를 찾아낸 것이다.

내가 얼마나 흥분했을지는 쉽게 상상할 수 있을 것이다. 눈이 초점을 잃어서 아무것도 보이지 않았다. 나는 그 쪽지를 책상 위에 펼쳐 놓았다. 이제 그것을 훑어보기만 하면 비밀을 알아낼 수 있을 터였다.

그러나 좀처럼 흥분을 가라앉히기가 힘들었다. 나는 곤두선 신경을 달래기 위해 방 안을 둘러보고, 안락의자 등받이에 털썩 몸을 기댔다. 그러고는 심호흡으로 가슴 가득 공기를 집어넣고 나서 소리쳤다.

"자, 읽어 보자!"

나는 책상 위로 몸을 굽히고 글자를 하나씩 손가락으로 더듬어 갔다. 조금도 머뭇거리지 않고 처음부터 끝까지 단숨에 큰 소리로 낭독했다.

다 읽은 순간, 얼마나 큰 놀라움과 두려움이 나를 사로잡았는지 모른다. 처음에는 뒤통수를 한 방 얻어맞은 것 같았다. 여기 적혀 있는 일이 정말로 일어났단 말이야? 그렇게 대담무쌍한 사람이 정말로 있었단 말이야?

나는 벌떡 일어났다. 그러나 다시 털썩 주저앉았다.

'안 돼! 삼촌한테 알리면 안 돼. 이 모험을 삼촌이 알면 큰일 나. 삼촌도 똑같은 모험을 하겠다고 나설 텐데, 그렇게 되면 아무도 말릴 수 없어. 한번 마음먹으면 절대로 물러서지 않는 고집불통이니까! 무슨 일이 있어도 모험을 떠나고 말 거야. 게다가 나까지 끌고 가겠지. 그러고는 둘 다 돌아오지 못하고 생을 마치게 되겠지. 그래, 돌아오지 못해! 절대로!'

나는 뭐라고 표현할 수 없을 만큼 심한 흥분 상태에 빠져 있었다.

'안 돼! 싫어! 그래, 아직 늦지 않았어. 늦기 전에 삼촌이 그런 마음을 아예 먹지 못하게 막아야 해. 삼촌이 이 암호문을 이리저리 읽다 보면 나처럼 우연히 열쇠를 찾아낼지도 몰라. 그러니까 이걸 차라리 불태워 없애 버리는 게 좋겠어!'

난로에는 아직 불이 남아 있었다. 나는 내가 받아쓴 종이만이 아니라 사크누셈의 양피지도 집어 들었다. 그러고는 떨리는 손으로 그것을 불 속에 던져 넣어 이 위험천만한 비밀을 영원히 없애려는 순간, 아아! 서재 문이 열리고 삼촌이 성큼 들어왔다.

나는 고문서를 책상 위에 돌려놓을 수밖에 없었다.

삼촌은 깊은 생각에 잠겨 있는 듯했다. 암호를 풀고야 말겠다는 집념에 사로잡혀, 한순간도 거기에서 벗어나지 못한 게 분명했다. 산책하는 동안에도 삼촌은 온갖 지혜를 짜내어 그 문제를 검토하고 분석하고 상상력을 총동원했을 것이다. 그렇게 해서 찾아낸 해답을 시험해 보려고 돌아온 것이다.

아니나 다를까, 삼촌은 의자에 앉아서 펜을 집어 들고는 수학 공식 같은 것을 끼적거리기 시작했다. 무려 세 시간 동안 삼촌은 한마디도 하지 않고 고개도 들지 않은 채 수없이 지우고 다시 쓰고 줄 긋고 고치는 작업을 계속했다.

그렇게 시간이 흘러 어느덧 밤이 되었다. 바깥 거리도 조용해졌다. 그래도 삼촌은 여전히 종이 위에 고개를 숙인 채 일하고 있었다. 얼마나 열중해 있는지, 다른 것은 눈에도 귀에도 들어오지 않는 듯했다. 마르테가 살짝 문을 연 것도 알아차리지 못했고, 우직할 만큼 충실한 가정부가 말을 걸어도 알아듣지 못했다.

"주인님, 오늘은 저녁 식사를 드실 건가요?"

마르테는 대답도 듣지 못하고 물러갈 수밖에 없었다. 나는 잠시 버티고 있었지만 도저히 졸음을 참을 수 없어서, 여전히 더하기나 빼기나 줄긋기에 열중해 있는 삼촌 옆에서 소파에 기대어 잠들어 버렸다.

이튿날 눈을 떴을 때에도 삼촌은 여전히 일에 매달려 있었다. 붉게 충혈된 눈, 핼쑥해진 얼굴, 손으로 쥐어뜯어 헝클어진 머리, 불그레한 광대뼈, 이것들은 모두 불가능에 도전한 투쟁의 흔적들이었다. 그것은 삼촌이 밤새 얼마나 정신을 혹사하고 두뇌를 긴장시키며 시간을 보냈는가를 보여 주는 생생한 증거였다.

삼촌의 모습은 정말 보기가 딱했다. 내가 한마디만 하면 삼촌의 두뇌를 옥죄고 있는 쇠고리를 풀어 줄 수 있는데! 그런데도 나는 그러지 않았다.

'안 돼.' 나는 속으로 생각했다. '절대로 말하면 안 돼. 삼촌은 반드시 가려고 할 거야. 무슨 짓을 해도 삼촌을 말릴 수는 없어. 삼촌의 상상력은 화산처럼 격렬하잖아. 삼촌은 생명의 위험도 겁내지 않을 거야. 말하지 말자. 그걸 입 밖에 내면 삼촌을 죽이는 거나 마찬가지야. 삼촌을 죽음으로 몰아넣고 나중에 후회하기는 싫어. 할 수 있다면 삼촌이 직접 찾아내면 돼.'

이렇게 결심한 나는 팔짱을 끼고 기다렸다. 하지만 몇 시간 뒤에 무슨 일이 일어날지, 그때는 짐작도 하지 못했다.

마르테가 시장에 가려고 집을 나서다가 문이 잠겨 있는 것을 알았다. 열쇠 구멍에 꽂혀 있어야 할 열쇠가 보이지 않는 것이다. 도대체 누가 열쇠를 빼냈을까? 삼촌이 분명하다. 어제 산책에서 허둥지둥 돌아왔을 때 열쇠를 뺐을 것이다.

일부러 그랬을까? 아니면 무심코 한 짓일까? 삼촌은 우리한테도 굶주림의 고통을 맛보게 할 속셈인가? 아무리 그렇다 해도 이건 너무 심했다! 왜 마르테와 내가 아무 상관도 없는 일 때문에 쫄쫄 굶어야 한단 말인가?

오늘 아침도 어제 저녁과 마찬가지로 건너뛸 것 같은 분위기였다. 하지만 나는 아무리 배가 고파도 절대로 굴복하지 않고 영웅적으로 견디겠다는 결심을 굳혔다.

삼촌은 여전히 일에 매달려 있었다. 삼촌의 마음은 글자 맞추기의 세계 속에 완전히 빠져들어, 지구를 멀리 떠나 속된 욕구를 전혀 느끼지 못하게 되어 버렸다.

정오가 가까워지자 따끔따끔 찌르는 듯한 굶주림이 나를 괴롭히기 시작했다.

시계가 2시를 쳤다. 상황은 그야말로 어처구니없고 더 이상 견딜 수 없는 단계로 접어들고 있었다. 허기가 져서 눈이 퀭해 보였다.

'내가 그 고문서를 너무 중대하게 생각한 게 아닐까. 삼촌은 거기에 적혀 있는 내용을 믿지 않을 거야. 단순한 장난으로 생각할지 몰라. 그런 터무니없는 말을 믿을 리가 없어. 만에 하나 최악의 사태가 벌어져 삼촌이 정말로 탐험에 나서려 든다 해도, 어떻게든 말릴 수 있을 거야. 그리고 삼촌은 언젠가 암호의 열쇠를 찾아낼지도 몰라. 그렇게 되면 내가 이렇게 배를 곯은 게 아무 보람도 없잖아.'

그래서 나는 모든 것을 털어놓기로 결심했다. 그래도 불쑥 말을 꺼내면 곤란하니까 이야기를 꺼낼 실마리를 찾으려고 기회를 노리고 있는데, 삼촌이 갑자기 벌떡 일어나 모자를 쓰고 외출할 준비를 했다.

"삼촌!" 나는 삼촌을 불러 세웠다.

하지만 삼촌은 내 말도 들리지 않은 모양이었다.

"삼촌!" 나는 다시 한번 목청껏 소리를 질렀다.

"어? 왜?" 삼촌은 갑자기 꿈에서 깨어난 것처럼 얼빠진 소리로 대답했다.

"저어, 그 열쇠 말인데요."

"열쇠? 무슨 열쇠? 문 열쇠?"

"그게 아니고, 암호 푸는 열쇠요!"

삼촌은 안경 너머로 나를 지그시 바라보았다. 내 표정에서 뭔가 심상치 않은 것을 느낀 모양이었다. 삼촌은 내 팔을 움켜잡고는 말없이 눈으로 물었다.

나도 말없이 고개만 끄덕였다.

그러자 삼촌은 눈을 번득이며 내 팔을 붙잡은 손에 더욱 힘을 주었다. 팔이 부러지지나 않을까 겁이 날 지경이었다.

이런 상태로 이루어진 무언의 대화에는 아무리 무심한 구경꾼도 흥미를 느꼈을 것이다. 사실 나는 입을 열기가 두려웠다. 삼촌이 기쁜 나머지 나를 너무 힘껏 끌어안아 질식시켜 버리지나 않을까 두려웠기 때문이다. 하지만 삼촌의 태도가 너무 절박했기 때문에 대답하지 않을 수도 없었다.

"그래요, 그 열쇠를 찾았어요. 우연히……."

"도대체 무슨 소리를 하는 거냐?" 삼촌은 격렬하게 소리쳤다.

"자, 읽어 보세요." 나는 내가 쓴 쪽지를 내밀면서 말했다.

"하지만 이건 아무 의미도 없어!" 삼촌은 쪽지를 구기면서 대꾸했다.

"처음부터 읽으면 아무 의미도 없어요. 하지만 끝에서부터 읽으면……."

내가 미처 말을 끝내기도 전에 삼촌은 소리를 질렀다. 아니, 그냥 소리를 지른 정도가 아니라 맹수처럼 포효했다. 삼촌의 머릿속에 한 줄기 빛이 비쳐든 것이다. 얼굴도 단번에 맹수처럼 바뀌었다.

"아아, 영리한 사크누셈! 그러니까 문장을 거꾸로 썼단 말이지?"

그러고는 서둘러 구겨진 쪽지를 펴고 떨리는 목소리로 그 문장을 마지막 글자부터 거꾸로 읽기 시작했다.

그것은 다음과 같은 문장이었다.

7월 1일 이전에 스카르타리스의 그림자가 떨어지는 스나이펠스 요쿨의 분화구 안으로 내려가라. 그러면 지구의 중심에 도달할 수 있을 것이다. 이는 내가 이미 행한 일이다. 아르네 사크누셈.

삼촌은 감전이라도 된 것처럼 펄쩍 뛰었다. 얼굴은 용기와 기쁨과 확신으로 환하게 빛나고 있었다. 방 안을 오락가락하면서 두 손으로 머리를 감싸고 의자를 움직이고 책을 쌓아 올리기도 했다. 흥분이 겨우 가라앉자 삼촌은 몸에서 기력이 다 빠져나가 버린 것처럼 안락의자에 맥없이 털썩 주저앉았다.

삼촌은 잠시 입을 다물고 있다가 불쑥 물었다.

"지금 몇 시냐?"

"세 시인데요."

"그래? 그렇다면 점심 먹은 지도 얼마 안 됐는데 벌써 소화가 다 됐나 보군. 배가 고파 죽겠다. 뭘 좀 먹으러 가자꾸나. 그러고 나면……"

"그러고 나면요?"

"여행 가방을 꾸려야지."

"예?"

삼촌은 식당으로 들어가면서 덧붙였다.

"물론 네 것도!"

4장

지열 논쟁

이 말을 듣자 온몸이 떨렸다. 하지만 나는 꾹 참았다. 밝은 표정을 지으려고 애쓰기까지 했다. 이제 삼촌을 막을 수 있는 것은 과학적 논리뿐이다. 이런 모험에 반대할 논리적 이유는 얼마든지 있다. 지구의 중심에 가다니! 완전히 미친 짓이다! 나는 과학적 토론을 하기에 적당한 때가 올 때까지 기다리기로 했다. 지금은 주린 배를 채우는 게 급선무였다.

식사하는 동안 삼촌은 줄곧 흥분해 있었다. 평소답지 않게 농담이 입에서 연신 튀어나올 정도였다. 식사가 끝나자 삼촌은 나에게 서재로 따라오라는 신호를 보냈다. 나는 순순히 따라갔다. 삼촌은 책상 한쪽 끝에, 그리고 나는 반대쪽 끝에 걸터앉았다.

"악셀." 삼촌이 부드러운 목소리로 말했다. "넌 정말 대단한 놈이야. 나는 말이다, 암호와 씨름하는 데 진저리가 나서 그만 포기하려고 했었어. 네가 도와주지 않았다면 어떻게 됐을까? 생각도 하기 싫다. 어쨌든 이 일은 결코 잊지 않으마. 우리가 앞으로 명예를 얻게 되면, 그 일부는 당연히 네 몫이야."

지금이 기회다 싶었다. 삼촌은 한창 기분이 좋은 상태니까, 그 명예라는 것에 대해 토론할 기회는 바로 지금이라고 나는 생각했다.

"무엇보다도……." 삼촌이 말을 이었다. "이 비밀은 절대 밖으로 새어나가면 안 돼. 알겠니? 학계에는 나를 시샘하는 자들이 많아. 비밀을 알게 되면 너나없이 이 탐험에 나서려고 들 거야. 하지만 우리가 탐험을 끝내고 돌아올 때까지는 낌새도 못 채겠지."

"무모한 사람이 그렇게 많을까요?"

"물론이지! 그런 명성을 얻을 수 있는데 누가 망설이겠냐? 이 문서가 알려지면 수많은 지질학자가 아르네 사크누셈의 발자취를 따라 우르르 몰려들 게 뻔해!"

"저는 그렇게 생각하지 않는데요. 애당초 이 문서가 진짜라는 증거도 없잖습니까?"

"뭐라고? 문서가 끼워져 있던 책을 못 봤니?"

"좋습니다. 사크누셈이라는 사람이 이걸 썼다는 건 인정하지요. 하지만 그렇다고 해서 그가 실제로 그 탐험을 해 냈다고 단정할 수는 없어요. 이 낡은 양피지에 그럴듯한 거짓말을 써서 장난을 쳤을 뿐인지도 모르잖아요?"

"그거야 가 보면 알겠지. 안 그래?"

"그보다 먼저…… 이 문서에 대해 몇 가지 의문을 제기하고 싶은데……."

"얼마든지 얘기해. 어떤 의견이든 자유롭게 말해도 좋다. 너는 이제 내 조카가 아니라 동료야. 그렇게 생각하고 어서 말해 봐."

"그럼 묻겠는데요, 요쿨이니 스나이펠스니 스카르타리스니 하는 것들은 도대체 뭡니까? 저는 들어본 적도 없는데요."

"궁금한 게 고작 그거냐? 간단하지. 얼마 전에 라이프치히에 사는 친구가 지도를 하나 보내왔는데, 정말 때를 잘 맞췄어. 저기 커다란 책장 두 번째 칸의 네 번째 선반에서 세 번째에 있는 지도를 갖다다오."

나는 몸을 일으켰다. 삼촌의 지시가 정확했기 때문에 그 지도는 금방 찾을 수 있었다. 삼촌은 지도를 펼쳐 놓고 말했다.

"화산으로 이루어진 그 섬을 보렴. 화산에는 모두 '요쿨'이라는 이름이 붙어 있을 거야. '요쿨'은 아이슬란드어로 '빙하'라는 뜻이지. 아이슬란드처럼 위도가 높은 곳에서는 대부분의 화산이 얼음층을 뚫고 분화하기 때문에, 이 섬에 있는 화산에는 모두 '요쿨'이라는 이름이 붙게 된 거란다."

"그럼 스나이펠스는요?"

"아이슬란드 서해안을 더듬어 가면 수도 레이캬비크가 보이지? 거기서 피오르(빙하의 침식으로 생겨난 좁고 긴 물굽이) 해안을 따라 북쪽으로 올라가다가 북위 65도 조금 밑에서 멈춰 봐. 거기에 뭐가 있지?"

"반도가 있는데요. 뼈다귀처럼 생겼고, 끝에 혹이 붙어 있네요."

"비유가 그럴듯하구나. 그 혹 위에 뭐가 보이지?"

"바다로 불쑥 튀어 나간 것처럼 보이는 산이 있군요."

"그게 스나이펠스야."

"스나이펠스라고요?"

"그래. 높이는 1,500미터나 되고, 그 섬에서 가장 높은 화산 가운데 하나지. 만약 그 산의 분화구가 지구의 중심과 이어져 있다면, 전 세계에서 가장 유명한 산이 될 거다."

"그럼 스카르타리스는 무슨 뜻이에요? 그리고 7월 1일은 또 뭐고요?"

삼촌은 잠시 생각에 잠겼다가 이렇게 대답했다.

"스나이펠스에는 분화구가 몇 개 있는데, 지구의 중심과 이어져 있는 게 어느 분화구인지를 나타낼 필요가 있었어. 그래서 사크누셈은 어떻게 했는가? 그는 7월 1일이 가까워

지면, 다시 말해서 6월 말경이 되면 산봉우리들 가운데 하나
인 스카르타리스가 문제의 분화구 위에까지 그림자를 드리
운다는 걸 알아차렸어. 그래서 그 사실을 문서에 기록해 둔
거지. 이보다 더 정확한 길 안내를 생각해낼 수 있었을까?
우리도 일단 스나이펠스 꼭대기에 도착하면, 어느 길로 가야
좋을지 망설일 필요는 전혀 없어."

삼촌은 어떤 질문에도 대답을 준비해 놓고 있었다. 나는
낡은 양피지에 적혀 있는 내용에 관해서는 어떤 질문으로
공격해도 소용없다는 것을 깨달았다. 그래서 그 점을 공격하
는 것은 단념할 수밖에 없었지만, 공격 방법을 과학적인 반
론으로 바꾸기로 했다.

"좋습니다. 사크누셈의 문장이 명확하고 의심할 여지가 없
다는 것은 인정할 수밖에 없군요. 이 문서가 진짜 같다는 것
도 인정할게요. 그러니까 이 학자는 스나이펠스의 분화구 바
닥으로 내려가서, 7월 1일 직전에 스카르타리스 봉우리의
그림자가 분화구 기슭에 어른거리는 것을 보았어요. 그리고
그 분화구가 지구의 중심과 이어져 있다는 당시의 전설도
들었겠지요. 하지만 그가 실제로 분화구 속으로 내려갔다느
니, 지구의 중심까지 갔다가 돌아왔다느니 하는 말은 인정할
수 없어요. 그건 다 새빨간 거짓말이라고요!"

"어째서?" 삼촌은 묘하게 놀리는 투로 물었다.

"모든 과학 이론이 그런 일은 불가능하다는 걸 증명하고

있잖아요!"

"모든 과학 이론이 그렇게 말하고 있다?" 삼촌은 짐짓 의뭉스럽게 되물었다. "그거 참 고약한 이론들이군! 감히 우리 앞길을 막으려 하다니 말이야!"

나는 삼촌이 나를 놀리고 있다는 것을 알아차렸지만, 그래도 아랑곳하지 않고 말을 이었다.

"그래요. 지표면에서 30미터 내려갈 때마다 온도가 1도씩 올라간다는 건 잘 알려진 사실이지요. 이런 비율로 계속 온도가 상승하면, 지구의 반지름은 약 6,000킬로미터니까 중심의 온도는 20만 도가 넘는다는 얘기가 돼요. 그렇다면 지구 내부의 물질은 백열 상태의 기체가 되어 있을 텐데, 그런 곳에 과연 사람이 들어갈 수 있느냐 하는, 지극히 당연한 질문을 하고 싶은 거예요."

"그러니까 네가 걱정하는 건 온도냐?"

"그렇죠. 30킬로미터 깊이까지만 내려가도 지각의 한계에 도달하게 돼요. 그 시점에서 온도는 이미 1,000도가 훨씬 넘을 테니까요."

"그래서 녹아 버릴까 봐 두려운 거야?"

"그 대답은 삼촌한테 맡길게요." 나는 발끈해서 대꾸했다.

"그럼 내가 대답하마." 삼촌은 거드름을 피우며 말했다. "지구 내부에서 일어나고 있는 일은 아무도 정확하게 알지 못해. 지금은 겨우 지구 반지름의 1만 분의 1 정도밖에 알려져 있지 않으니까 말이다. 과학은 끊임없이 진보하고 있고, 어떤 학설도 항상 새로운 학설로 바뀌게 마련이지. 예컨대 한 세대 전까지만 해도 우주 공간의 온도는 끝없이 내려간다고 여겨졌었지. 그런데 대기권에서 가장 추운 곳도 영하 40도 내지 50도 아래로는 내려가지 않는다는 사실이 알려져 있어. 지구 내부의 온도도 마찬가지가 아니라고 어떻게 단정할 수 있지? 아무리 열에 강한 광물도 녹아 버릴 만큼 높은 온도까지 계속 올라가는 게 아니라, 일정한 깊이까지 내려가면 온도가 더 이상 올라가지 않는 한계점에 도달할 가능성도 있지 않을까?"

삼촌이 문제를 가설로 바꾸어 버렸기 때문에 나는 뭐라고 대답할 말이 없었다.

"가설을 가지고 계속 말씀하시면 저는 더 이상 드릴 말씀이 없어요."

"악셀." 삼촌이 말을 이었다. "지구 중심부가 어떤 상태인가에 대해서는 학설이 분분해서, 학자들마다 의견이 달라. 지구 내부가 뜨겁다는 주장도 실은 아무 근거가 없어. 내 생각에 따르면 그런 열은 존재하지 않아. 절대 존재할 리가 없어. 어쨌든 가 보면 알겠지."

"예, 좋습니다!" 나는 소리쳤다. 결국 삼촌의 열정에 굴복하고 만 것이다. "가 보면 눈으로 직접 확인할 수 있겠죠. 땅속에서도 앞을 볼 수만 있다면 말이죠!"

"앞을 못 볼 이유가 없잖니? 내려가는 동안에는 전기 현상이 길을 비추어 줄 것이고, 공기도 있을 거야. 지구의 중심이 가까워지면 압력 때문에 공기가 빛을 내지 않을까?"

"그렇군요! 충분히 가능한 일이에요."

"아니, 확실해." 삼촌은 득의양양하게 대꾸했다. "하지만 절대 비밀을 지켜야 한다. 우리보다 먼저 지구의 중심을 발견하려고 날뛰는 놈이 나타나면 곤란하니까. 알겠니?"

내 사랑 그라우벤

토론으로 나는 열에 들뜬 것처럼 흥분해서, 머리가 몽롱해진 채 삼촌의 서재를 나왔다. 함부르크 시내의 공기를 아무리 들이마셔도 뜨거워진 머리는 식지 않았다. 그래서 나는 엘베강으로 갔다.

삼촌의 이야기를 나는 진심으로 납득한 것일까? 삼촌의 기세에 눌린 나머지, 될 대로 되라는 심정으로 주저앉고 만 것은 아닐까? 지구의 중심으로 내려가겠다는 삼촌의 결심을 과연 진지하게 받아들여야 할까? 내가 들은 이야기는 미치광이의 터무니없는 헛소리일까, 아니면 위대한 천재의 과학적인 결론일까? 도대체 어디까지가 진리이고 어디부터가 망상일까?

'말도 안 돼!' 나는 속으로 외쳤다. '상식적으로 생각해 봐. 내가 생각이 제대로 박힌 놈이라면, 아무리 삼촌이라 해도 그런 제안을 할 리가 없잖아. 모두 헛소리야. 내가 잠을 제대로 못 자서 악몽을 꾼 게 분명해.'

이런 생각을 하면서 나는 강변을 따라 시내 반대편에 이르렀다. 문득 정신을 차리고 보니 어느새 알토나 거리로 나와 있었다. 어떤 예감이 나를 이쪽으로 이끌어 온 게 분명했다. 그 예감은 들어맞았다. 귀여운 그라우벤이 가벼운 걸음으로 걸어오는 것이 보였기 때문이다.

"그라우벤!" 나는 멀리서 외쳤다.

그라우벤은 걸음을 멈추었다. 길거리 한복판에서 느닷없이 누군가가 부르는 소리를 듣고 당황한 것 같았다. 나는 성큼성큼 걸어서 열 걸음 만에 그녀 곁에 이르렀다.

"악셀!" 그라우벤이 놀란 얼굴로 말했다. "나를 마중 나왔군요! 그렇죠?"

하지만 그라우벤은 심란한 내 표정을 놓치지 않았다.

"왜 그래요? 무슨 일이죠?" 그라우벤은 내 손을 잡으면서 물었다.

그간의 사정을 간략하게 설명하자, 영리한 그라우벤은 금세 상황을 알아차렸다. 그라우벤은 잠시 아무 말도 하지 않았다. 그라우벤의 심장도 내 심장처럼 두근거렸을까? 그건 알 수 없지만, 적어도 내 손을 잡은 그라우벤의 손은 떨리지 않았다. 우리는 말없이 100미터쯤 걸었다.

이윽고 그라우벤이 입을 열었다.

"악셀!"

"말해 봐, 그라우벤."

"틀림없이 멋진 여행이 될 거예요."

나는 놀라서 펄쩍 뛰었다.

"그래요, 악셀. 학자의 조카에게 딱 어울리는 여행이에요. 모름지기 사나이라면 위대한 모험으로 자신의 능력을 보여 줘야 해요!"

"뭐라고? 그 위험천만한 모험에 나서는 걸 말려 주지 않을 거야?"

"말리긴요. 나도 따라가고 싶은걸. 하지만 연약한 여자가 따라가면 오히려 방해만 되겠죠?"

"진심이야?"

"그럼요."

세상에 이럴 수가! 이 어린애 같은 아가씨가 그런 모험을 떠나라고 부추기다니! 자기도 따라가고 싶다고 겁도 없이 말하다니! 나를 사랑한다면서, 그런 모험에 내가 나서기를 바라다니!

나는 낭패했고, 솔직히 말하면 조금 부끄럽기도 했다.

"좋아. 내일도 그렇게 말하는지 두고 보겠어."

"내일도 마찬가지일 거예요."

그라우벤과 나는 손을 맞잡은 채 말없이 걸었다. 하루 동안 일어난 온갖 사건 때문에 나는 완전히 녹초가 되어 버렸다.

집에 돌아와 보니 삼촌은 현관 앞에서 수많은 물건을 부리고 있는 짐꾼들 사이를 뛰어다니며 큰 소리로 지시를 내리고 있지 않은가. 마르테는 뭘 어떻게 해야 좋을지 몰라서 허둥대고 있었다.

"악셀! 빨리 와! 할 일 없는 놈처럼 빈둥거리지 말고!" 삼촌은 멀리서 나를 보자마자 고함을 질렀다. "넌 가방도 아직 안 꾸렸고, 내 서류도 정리하지 않았어. 게다가 내 가방 열쇠는 어디로 갔는지 안 보이고, 각반은 아무리 찾아도 나타나질 않아!"

나는 망연자실하여 목소리도 나오지 않았다. 그저 이렇게 말하는 것이 고작이었다.

"정말로 떠나는 거예요?"

"물론이지. 한심한 녀석 같으니라고. 거기 멍청히 서 있지 말고 부지런히 움직여."

"정말로 떠나는 거예요?" 나는 힘없는 목소리로 똑같은 질문을 되풀이했다.

"그래. 모레 새벽에 떠날 거야."

나는 더 이상 들을 수가 없어서 내 작은 방으로 달아났다.

이제는 의심할 여지가 없었다. 삼촌은 여행에 필요한 물

품과 도구를 사들이면서 오후를 보낸 게 분명했다. 현관 앞에는 밧줄 사다리, 매듭 밧줄, 횃불, 물통, 아이젠, 피켈, 얼음끌, 지팡이, 곡괭이 따위가 잔뜩 쌓여 있어서 발 디딜 틈도 없을 정도였다. 그걸 다 나르려면 적어도 열 사람은 필요할 것 같았다.

나는 무서운 하룻밤을 보냈다. 이튿날 아침 일찍 그라우벤이 나를 깨웠다.

나는 방에서 나왔다. 잠 못 이루는 밤을 보낸 뒤 수면 부족으로 부스스하고 초췌해진 모습과 창백한 얼굴, 붉게 충혈된 눈을 보면 그라우벤도 생각을 바꾸지 않을까 기대하면서.

"악셀, 어제보다 훨씬 좋아 보이네요. 하룻밤 사이에 마음이 안정됐나 보군요."

"안정됐다고?"

나는 거울 쪽으로 달려갔다. 놀랍게도 안색은 생각했던 것만큼 나쁘지 않았다. 믿을 수 없는 일이었다.

"교수님과 오랫동안 이야기했어요. 교수님은 정말 확고한 신념을 가진 학자이고 대단한 용기를 가진 분이세요. 당신 몸속에도 교수님의 피가 흐르고 있다는 걸 잊지 마세요. 교수님은 여행의 목적과 전망, 왜 목표를 이루고 싶어 하는지, 어떻게 목적을 달성할 작정인지도 다 말씀해 주셨어요. 틀림없이 성공하실 거예요. 학문에 몸을 바치는 건 정말 훌륭한 일이에요. 교수님은 유명 인사가 되실 테고, 교수님과 함께 가는 당신도 그렇게 될 거예요! 여행에서 돌아오면 당신도 제구실을 하는 어엿한 사나이가 되어, 교수님과 대등한 입장에서 자유롭게 말하고 자유롭게 행동하고 자유롭게……."

그라우벤은 얼굴을 붉히면서 말끝을 얼버무렸다. 그라우벤의 말에 나는 기운을 되찾았다. 하지만 정말로 떠나는 것일까? 나는 아직도 믿을 수가 없었다. 나는 그라우벤을 데리고 삼촌의 서재로 갔다.

"삼촌, 정말 떠나기로 결심하신 거예요?"

"아직도 납득하지 못한 거냐?"

"물론 납득했습니다. 다만 무엇 때문에 이렇게 서두르는지 궁금해서요."

"시간 때문이야. 쏜살같이 흐르는 시간은 무엇으로도 막을 수 없으니까."

"하지만 오늘은 5월 26일이에요. 6월 말까지는……."

"이런 바보 같으니! 아이슬란드에 그렇게 간단히 갈 수 있다고 생각하냐? 어제 네가 미친놈처럼 뛰쳐나가지 않았다면 코펜하겐의 해운 회사인 리펜데르사 지점에 데려가 주었을 텐데. 그러면 코펜하겐에서 레이캬비크까지는 매달 22일에 한 번밖에 배가 떠나지 않는다는 걸 알았을 거야."

"그렇다면……?"

"그렇다면 어떻게 되느냐고? 다음 배가 떠나는 6월 22일까지 기다렸다가는 스카르타리스의 그림자가 스나이펠스 분화구를 스치는 장면을 볼 수 없게 돼. 그러니까 지금 당장이라도 코펜하겐에 가서, 어떻게든 그쪽으로 건너갈 교통수단을 찾아야 해. 자, 빨리 가방을 꾸려!"

나는 대답할 말도 나오지 않아서 내 방으로 돌아갔다. 그라우벤이 따라와서 작은 가방 속에 여행에 필요한 물건을 넣어 주었다. 마침내 가방의 마지막 가죽끈이 단단히 묶였다. 나는 다시 아래층으로 내려갔다.

그날은 과학 실험 도구나 무기, 전기 기구 따위를 파는 상인들이 온종일 들락거렸고, 마르테는 완전히 당황해 버렸다.

"주인님은 머리가 돌았나 봐요. 그렇죠?"

나는 고개를 끄덕였다.

"도련님도 데려가실 작정인가요?"

나는 또 고개를 끄덕였다.

"어디로 가는데요?"

나는 손가락으로 지구의 중심을 가리켰다.

"지하실요?" 나이 든 가정부가 외쳤다.

"아니. 그보다 훨씬 아래!"

밤이 되었지만 나는 더 이상 시간의 흐름을 알 수 없게 되었다.

"그럼 내일 보자. 아침 여섯 시 정각에 떠날 거야." 삼촌이 말했다.

밤 10시에 나는 기력을 잃고 생명이 없는 덩어리처럼 침대에 털썩 쓰러졌다.

밤사이에 또다시 공포가 나를 사로잡았다.

나는 혼미한 상태에 빠진 채, 깊이 갈라진 틈새로 추락하는 꿈을 꾸었다. 삼촌의 힘센 손에 꽉 잡힌 채 질질 끌려다니고, 깊은 물속으로 잠기고, 늪에 가라앉았다. 허공에 던져진 물체처럼 무서운 가속도가 붙어 깊이를 헤아릴 수 없는 동굴 바닥으로 떨어졌다. 끝없이 추락하는 몸과 함께 내 기력도 끝없이 떨어졌다.

5시에 눈이 뜨였지만, 피로와 공포 때문에 일어날 기력도 없었다. 식당에 내려가 보니 삼촌이 식탁에 앉아서 걸신들린 듯이 음식을 집어삼키고 있었다. 그런 삼촌을 보자 오싹 소름이 끼쳤다. 음식도 목구멍으로 넘어가지 않았다.

5시 30분에 밖에서 마차 바퀴 소리가 들렸다. 우리를 알토나역으로 데려다줄 사륜마차가 도착한 것이다. 곧이어 그 마차에는 짐이 산더미처럼 실렸다.

"네 가방은?" 삼촌이 물었다.

"다 꾸렸어요." 나는 무릎을 후들거리며 대답했다.

"빨리 가져와. 꾸물대면 기차를 놓칠 거야."

운명에 거역하여 싸우는 것은 불가능해 보였다. 나는 방으로 돌아가 가방을 아래층으로 미끄러뜨리고, 그 뒤를 따라 곤두박질치듯 층계를 뛰어 내려왔다.

그동안 삼촌은 집안일을 그라우벤에게 당부하고 있었다.

그라우벤은 여느 때처럼 침착했다. 그라우벤은 삼촌에게 작별 키스를 했지만, 그 상냥한 입술을 내 뺨에 살짝 댔을 때는 그라우벤도 눈물을 억누르지 못했다.

"그라우벤!" 나는 목이 메었다.

"가세요, 악셀. 지금은 당신의 약혼녀지만, 돌아오면 아내가 될게요."

나는 그라우벤을 잠깐 끌어안고 나서 마차에 올랐다. 마르테와 그라우벤은 문간에 서서 우리에게 작별의 손을 흔들었다. 마부가 휘파람을 불자 두 필의 말은 알토나를 향해 달려갔다.

6장

출발

6시 30분에 마차가 알토나역 앞에 멈춰 섰다. 짐꾼들이 수많은 꾸러미와 상자들을 마차에서 내려 역 안으로 가져가서 무게를 재고 꼬리표를 달아 화물칸에 실었다. 7시에 우리는 객차에 마주 앉아 있었다. 기적이 울리고 기차가 움직이기 시작했다. 드디어 출발이다.

객차에 손님은 우리 둘뿐이었지만, 우리는 서로 말을 나누지 않았다. 삼촌은 주머니와 가방을 세심하게 점검했다. 나는 삼촌이 모험에 필요한 물건을 하나도 빠뜨리지 않고 가져온 것을 알 수 있었다.

그중에는 덴마크 영사관 주소가 찍힌 공용 편지지도 있었다. 함부르크 주재 덴마크 영사이자 삼촌의 친구인 크리스티

엔센 씨가 서명한 그 편지를 코펜하겐에 가져가면, 아이슬란드 총독에게 보내는 소개장을 쉽게 얻을 수 있을 터였다.

떠난 지 세 시간 만에 기차가 바닷가에 위치한 킬역에 도착했다. 짐은 코펜하겐까지 직통으로 보냈기 때문에, 킬에서는 짐을 찾거나 걱정할 필요가 없었다. 그런데도 삼촌은 짐이 기선에 실리는 동안 줄곧 불안한 표정으로 지켜보고 있었다. 이윽고 짐은 선창 밑바닥으로 사라져 버렸다.

삼촌은 그렇게 서둘렀지만, 기선 '엘레노라호'가 밤에 떠날 예정이기 때문에 우리는 킬에서 아홉 시간을 빈둥거리며 보내야 했다. 마침내 10시에 기선에서 연기가 소용돌이치며 하늘로 피어올랐다. 보일러의 진동 때문에 갑판이 바르르 떨렸다. 우리는 이미 배에 올라타고, 하나뿐인 객실의 2층 침대를 당당하게 차지하고 있었다.

10시 15분에 배를 부두에 묶어 두었던 밧줄이 풀렸다. 기선은 어두운 벨트 해협을 빠른 속도로 달렸다.

칠흑같이 어두운 밤이었다. 산들바람이 불고 파도가 높았다. 해안의 불빛 몇 개가 어둠에 구멍을 뚫었다. 얼마 후에는 어디선가 반짝이는 등댓불이 잠깐 파도를 비추었다. 이 최초의 항해에서 내 기억에 남아 있는 것은 이것뿐이다.

다음 날 아침 7시에 우리는 셸란섬 서해안에 있는 작은 마을 코르쇠르에 상륙했다. 여기서 기차로 갈아타고 평탄한 농촌 지대를 지나갔다. 코르쇠르에서 코펜하겐까지는 세 시간이 걸렸다. 삼촌은 밤새 눈 한 번 붙이지 않았다. 마음이 급한 나머지, 한숨도 자지 않고 객차를 발로 밀고 있었을지도 모른다.

오전 10시, 마침내 코펜하겐에 도착했다. 우리는 짐을 마차에 싣고 피닉스 호텔로 갔다. 호텔에 도착하자 삼촌은 서둘러 몸을 씻고 나를 방에서 끌어냈다. 호텔 수위는 독일어와 영어를 할 줄 알았지만, 여러 나라 말을 할 수 있는 삼촌은 유창한 덴마크어로 수위에게 질문했고, 수위도 유창한 덴마크어로 북방 고대 박물관이 있는 곳을 가르쳐 주었다.

이 박물관에는 덴마크의 역사를 한눈에 알 수 있는 놀라운 유물들이 가득 차 있었다. 박물관장인 톰손 교수는 학자였고, 함부르크 주재 덴마크 영사의 친구였다.

삼촌은 덴마크 영사가 톰손 교수에게 쓴 소개장을 갖고 있었다. 학자들은 대개 다른 학자를 별로 달가워하지 않는다. 하지만 여기서는 사정이 달랐다. 남을 돕기 좋아하는 톰손 교수는 리덴브로크 교수만이 아니라 그의 조카까지도 따뜻하게 맞아주었다.

톰손 교수는 우리 부탁을 모두 들어주고, 출항을 앞둔 배를 찾아 우리와 함께 부두를 이 잡듯이 뒤졌다. 나는 배를 구할 수 없게 되기를 속으로 간절히 빌었지만, 내 기대는 어긋나고 말았다. '발퀴리호'라는 작은 범선이 6월 2일 레이캬비크로 떠날 예정이었다. 선장은 비아르네 씨였는데, 삼촌은 넘치는 기쁨을 주체하지 못하고 선장의 손을 뼈가 으스러질 만큼 힘껏 움켜잡았다. 순박한 선장은 승객의 열렬한 반응에 깜짝 놀랐다. 아이슬란드로 가는 것은 그에게 일상적인 일이었다. 그의 직업이었기 때문이다. 그런데 삼촌은 그것을 굉장한 일로 생각했다. 선장은 그 점을 이용하여 뱃삯을 두 배로 물렸지만, 삼촌은 그런 사소한 일에는 신경도 쓰지 않았다.

"화요일 아침 일곱 시에 배로 오세요." 비아르네 씨는 돈다발을 주머니에 쑤셔 넣으면서 말했다.

우리는 도와준 톰손 교수에게 감사하고 호텔로 돌아왔다. "만사형통이야! 만사형통!" 삼촌이 같은 말을 되풀이했다. "금방 떠날 배를 찾아낸 건 정말이지 큰 행운이었어! 이제 아침을 먹고 시내 구경이나 하러 가자꾸나."

나는 어린애처럼 즐거워하며 코펜하겐 시내를 관광했고, 삼촌은 마지못해 나에게 질질 끌려다녔다. 어쨌든 삼촌은 아무것도 보지 않았다. 왕궁도, 박물관 앞 운하에 걸려 있는 아름다운 다리도, 거대한 토르발센(덴마크의 조각가) 기념관도, 그 기념관을 뒤덮은 벽화와 기념관 안에 가득 들어 있는 이 조각가의 작품들도, 르네상스 건물인 증권 거래소도, 네 마리 청동 용의 꼬리가 서로 뒤엉켜 있는 교회 첨탑도, 성벽 위에 서 있는 거대한 바람개비도 보지 않았다.

삼촌은 이런 매력적인 풍경에는 눈길도 주지 않았지만, 코펜하겐 남동부에 있는 아마게르섬의 교회 첨탑을 보고는 깜짝 놀랐다.

우리는 회색과 황색의 줄무늬 바지를 입은 죄수들이 몽둥이를 휘두르는 간수들의 감시를 받으며 일하고 있는 좁은 거리를 지나 프렐세르스(구세주) 교회에 도착했다. 교회 자체는 특별할 게 없었지만, 교회의 높은 첨탑은 삼촌의 관심을 자아냈다. 탑 중간의 층계참에서 시작된 옥외 계단은 뾰족탑을 휘감으며 나선 모양으로 올라가고 있었다.

"올라가자." 삼촌이 말했다.

"하지만 현기증이 나면 어떡해요?"

"그러니까 더 올라가야지. 이런 것에 익숙해져야 돼."

"하지만……."

"잔말 말고 따라와. 낭비할 시간 없어."

삼촌 말대로 따를 수밖에 없었다. 길 건너편에 살고 있는 관리인이 열쇠를 내주었다. 우리는 탑을 올라가기 시작했다.

삼촌이 앞장서서 계단을 꾹꾹 밟으며 올라갔다. 나는 조금만 높은 곳에 올라가도 머리가 어지럽기 때문에 잔뜩 겁을 먹고 삼촌을 따라갔다.

탑 안의 계단에 갇혀 있는 동안은 그래도 괜찮았다. 하지만 나선 층층대를 150단쯤 오르자 갑자기 바람이 얼굴을 후려쳤다. 층계참에 도착한 것이다. 여기서부터 옥외 계단이 시작되었다. 가느다란 난간이 달려 있는 층층대는 위로 올라

갈수록 점점 좁아졌고, 하늘로 끝없이 올라가는 듯했다.

"전 못 가요!"

"너 겁쟁이냐? 아니지? 그렇다면 어서 올라가!"

삼촌은 무정하게 다그쳤다.

나는 난간을 움켜잡고 삼촌을 따라갈 수밖에 없었다. 머리가 어질어질했다. 돌풍에 탑이 흔들리는 것을 느낄 수 있었다. 다리가 후들거리기 시작했다. 얼마 못 가서 나는 무릎으로 층층대를 딛고 올라갔다. 그러다가 나중에는 아예 배를 깔고 엉금엉금 기어서 올라갔다. 멀미가 나서 눈을 꼭 감았다.

마침내 꼭대기에 도착한 삼촌이 내 옷깃을 잡고 끌어 올렸다. 올라가 보니 옆에 공같이 생긴 것이 있었다.

"봐. 눈 뜨고 제대로 잘 봐. 너는 벼랑을 오르내리는 법을 배워야 해!"

나는 눈을 떴다. 연기 같은 안개 속에서 집들이 납작하게 보였다. 높은 곳에서 떨어져 납작 찌그러진 것 같았다. 헝클어진 구름이 머리 위를 지나갔다. 탑과 공과 나는 믿을 수 없을 만큼 빠른 속도로 휩쓸려 가고 있는데 구름장들은 제자리에 꼼짝도 않고 서 있는 듯한 착각이 들었다. 한쪽에는 푸른 농촌이 멀리까지 펼쳐져 있고, 반대쪽에는 푸른 바다가 한 다발의 햇살을 받아 반짝이고 있었다. 이 드넓은 풍경은 내가 볼 때마다 빙빙 돌며 소용돌이쳤다.

그래도 나는 똑바로 서서 그것을 보아야 했다. 현기증에 익숙해지는 수업은 한 시간 동안 계속되었다. 마침내 내려가도 좋다는 허락을 받고 단단한 땅에 다시 발을 디뎠을 때는 온몸이 욱신거렸다.

"내일도 할 거야." 삼촌이 말했다.

사실 나는 닷새 동안 날마다 현기증 극복 훈련을 받았다. 좋든 싫든 상관없이, 나는 '높은 곳에서 바라보는' 기술에서 놀랄 만한 진보를 이룩했다.

7 장

아이슬란드로!

　6월 2일 아침 6시, 우리의 귀중한 짐은 벌써 '발퀴리호'에 실려 있었다. 비아르네 선장은 상갑판 밑에 있는 좁은 선실로 우리를 안내했다.

　"바람은 괜찮은가요?" 삼촌이 물었다.

　"아주 좋습니다. 남동풍이에요. 돛을 모두 올리고 뒷바람을 받으면서 외레순 해협을 빠져나갈 수 있습니다."

　"아이슬란드까지 얼마나 걸릴까요?" 삼촌이 물었다.

　"페로 제도 부근에서 북서풍이 심하지만 않으면 열흘쯤 걸립니다."

　"하지만 대개는 그보다 훨씬 늦어지지 않나요?"

　"아닙니다, 교수님. 걱정 마세요. 어쨌든 목적지에 도착할 테니까."

저녁때 '발퀴리호'는 덴마크 북단에 있는 스카겐곶을 돌았고, 밤사이에 스카게라크 해협을 건넌 다음, 노르웨이 남단의 린데스네스곶을 지나서 용감하게 북해로 들어갔다.

이 항해에서는 특기할 만한 사건이 하나도 없었다. 나는 뱃멀미를 아주 잘 견뎌냈다. 반대로 삼촌은 줄곧 뱃멀미에 시달렸고, 줄곧 선실에 누워 있었다.

6월 11일, 마침내 포틀란드곶이 보였다.

'발퀴리호'는 수많은 고래와 상어 떼에 둘러싸인 채, 해안과 상당한 거리를 유지하면서 서쪽으로 방향을 돌렸다. 곧이어 구멍이 뻥 뚫려 있는 거대한 바위가 나타났다. 그 구멍을 통해 햇빛이 보였고, 거센 파도가 바위에 부딪혀 하얀 물거품을 일으키고 있었다. 바다가 너무 거칠어서, 삼촌은 남서풍에 부서진 해안을 감상하러 갑판에 나오지도 못했다.

폭풍이 몰아치는 동안 배는 돛을 모두 접고 달릴 수밖에 없었다. 48시간 뒤에 겨우 폭풍 지대를 벗어나자 동쪽에 스카겐곶의 등대가 보였다. 아이슬란드의 수로 안내인이 배에 올라탔고, 세 시간 뒤에 '발퀴리호'는 레이캬비크 옆의 팍사만에 닻을 내렸다.

삼촌은 마침내 선실에서 나왔다. 안색이 창백하고 다리도 약간 휘청거렸지만, 여전히 열정적이었고 눈은 만족스럽게 반짝이고 있었다.

배가 부두에 도착하자 레이캬비크 시민들이 몰려들었다. 배에는 그들이 저마다 기다리던 물건이 실려 있었기 때문이다.

삼촌은 서둘렀다. 하지만 갑판을 떠나기 전에 나를 앞쪽으로 끌고 갔다. 팍사만 북쪽에 높은 산이 솟아 있었다. 꼭대기에 있는 두 개의 봉우리는 만년설에 덮여 있었다.

"저게 스나이펠스다, 스나이펠스!" 삼촌이 소리쳤다.

삼촌은 절대 비밀을 지키라는 몸짓을 한 다음, 기다리고 있는 보트로 내려갔다. 곧이어 우리는 아이슬란드 땅에 상륙했다.

처음 나타난 사람은 장군 제복을 입고 있었다. 하지만 그는 군인이 아니라 이 섬의 총독인 트람페 백작이었다. 삼촌은 상대가 누구인지 알아차리고, 총독에게 코펜하겐에서 가져온 소개장을 건네고 덴마크어로 대화를 나누기 시작했다.

삼촌은 레이캬비크 시장인 핀센 씨한테도 따뜻한 환영을 받았다. 핀센 씨의 제복도 총독 못지않게 군인다웠지만, 타고난 기질과 이곳에서 맡고 있는 역할은 평화로웠다.

보좌 사제인 픽투르손 씨는 마침 관할 구를 순행하러 북부 교구에 가 있었다. 때문에 그를 만나는 것은 뒤로 미룰 수밖에 없었다. 하지만 그 대신에 프리드릭손 씨라는 유쾌한 시민을 만났다. 그는 레이캬비크 학교에서 과학을 가르치고 있었는데, 나중에 우리에게 더없이 귀중한 도움을 주었다.

이 겸손한 학자는 라틴어를 알았고, 나도 라틴어를 조금 알고 있기 때문에, 우리는 제법 말이 통했다. 실제로 프리드릭손 씨는 내가 아이슬란드에 머무는 동안 유일한 말벗이 되어 주었다.

이 선량한 교사는 자기 집에 있는 방 세 개 가운데 두 개를 우리에게 내주었고, 우리는 곧 짐과 함께 그 집에 자리를 잡았다. 레이캬비크 주민들은 우리의 짐이 엄청나게 많은 것을 보고 조금 놀랐다.

"악셀, 일이 잘 풀리고 있다. 최악의 고비는 넘긴 거야." 삼촌이 말했다.

"최악의 고비라니, 그게 무슨 소리죠?"

"지금까지는 줄곧 내리막이었다는 뜻이야."

"그런 뜻이라면 삼촌 말씀이 맞아요. 하지만 내려왔으니까 결국에는 다시 올라가야 하지 않을까요?"

"그건 문제없을 거야! 어쨌든 낭비할 시간이 없어. 나는 도서관에 갈 거야. 도서관에 사크누셈의 필사본이 있을지도 몰라. 있으면 한번 보고 싶군."

"그럼 저는 그동안 시내 구경이나 하겠습니다."

나는 밖으로 나가서 발길 닿는 대로 돌아다녔다.

레이캬비크 시가지는 두 개의 언덕 사이에 자리 잡고 있었는데, 거대한 용암층이 시가지 한쪽을 감싸면서 바다 쪽으로 완만하게 내려가고 있었다. 반대쪽에는 거대한 팍사만이 펼쳐져 있는데, 만 북쪽은 스나이펠스의 거대한 빙하로 둘러싸여 있고, '발퀴리호'는 거기에 닻을 내리고 있었다.

레이캬비크에는 큰길이 두 개뿐인데, 그중 긴 도로는 해안과 나란히 뻗어 있었다. 여기에는 들보를 수평으로 얹은 통나무집들이 늘어서 있고, 거기에서 상인과 무역업자들이 장사를 하고 있었다. 서쪽에 있는 짧은 길은 상인이 아닌 유지들의 저택과 주교관 사이를 지나 작은 호수 쪽으로 뻗어 있었다.

나는 이 황량하고 음산한 길을 빠른 걸음으로 걷기 시작했다.

겨우 세 시간 만에 나는 시내만이 아니라 교외 구경까지 다 끝내 버렸다. 교외 풍경은 음산하고 황량하기 짝이 없었다. 나무는커녕 이렇다 할 식물도 찾아보기 힘들었다. 크고 작은 화산암 돌멩이들이 앙상한 뼈다귀처럼 어디에나 널려 있었다. 아이슬란드 사람들의 집은 진흙과 토탄으로 지어져 있고, 벽은 안쪽으로 기울어져 있다. 너무 납작해서 땅 위에 지붕이 놓여 있는 것처럼 보였다.

산책하는 동안 나는 현지 주민을 거의 만나지 못했다. 상점가로 돌아와 보니, 주민들 대다수가 대구를 말리고 소금에 절이고 배에 싣느라 바쁘게 일하고 있었다. 대구는 이 섬의 주요 수출품이다.

남정네들은 대체로 건장했지만, 눈에는 수심이 가득하고

활기가 없어 보였다. 그들은 세상에서 소외된 기분을 느끼고 있는 듯했다. 여인네들은 운명을 체념한 듯 슬픈 표정을 짓고 있었다. 상당히 호감이 가는 얼굴이지만 무표정했고, 짙은 갈색의 치마와 저고리를 입고 있었다.

오랜 산책을 마치고 프리드릭손 씨의 집으로 돌아가 보니, 삼촌은 벌써 돌아와 집주인과 이야기를 나누고 있었다.

저녁 식사도 준비되어 있었다. 배에서 멀미 때문에 아무것도 먹지 못해 위장이 깊은 골짜기로 변해 버린 삼촌은 왕성한 식욕으로 음식을 먹어 댔다.

대화는 대개 아이슬란드어로 이루어졌지만, 나를 위해서 삼촌은 이따금 독일어를 사용했고 프리드릭손 씨는 라틴어를 사용했다. 학자들답게 화제는 과학이었지만, 삼촌은 시종일관 무척 조심스러웠다. 한마디 할 때마다 삼촌은 나에게 비밀을 지키라고 눈짓을 보내곤 했다.

프리드릭손 씨는 도서관에서 조사한 결과가 어떻게 됐느냐고 삼촌에게 물었다.

"우리 도서관에서 찾고 싶었던 책이 뭔지 말씀해 주세요. 어쩌면 제가 정보를 제공해 드릴 수도 있을 겁니다."

나는 삼촌을 쳐다보았다. 삼촌은 대답을 망설였다. 이 문제는 삼촌의 탐험 계획과 직접 관련되어 있었기 때문이다. 하지만 삼촌은 잠시 생각한 뒤에 대답하기로 결단을 내렸다.

"실은 아주 오래된 책인데, 아르네 사크누셈이라는 사람의 저서가 이곳에 있는지 알고 싶군요."

"아르네 사크누셈! 위대한 박물학자에다 위대한 연금술사였던 16세기의 석학 말입니까?"

"맞습니다."

"아이슬란드 문학과 과학의 찬란한 별 말입니까?"

"아주 좋은 표현이군요."

"인류 역사상 가장 걸출한 인물 가운데 한 사람 말입니까?"

"정말 그렇습니다."

"천재일뿐만 아니라 놀라운 용기도 가지고 있었던 그 위대한 탐험가 말입니까?"

"아르네 사크누셈을 잘 알고 계시군요. 그럼 그의 저서에 대해서도 잘 알고 있겠군요?"

삼촌은 자신의 영웅이 이렇게 칭송받는 것을 듣고는 황홀경에 빠져, 프리드릭손 씨의 얼굴을 지그시 바라보고 있었다.

"그의 저서요? 그의 책은 없습니다."

"뭐라고요? 아이슬란드에도 없단 말인가요?"

"아이슬란드만이 아니라 세계 어디에도 없습니다."

"왜요?"

"아르네 사크누셈은 이단으로 박해를 받았고, 그의 저술은 1573년에 모조리 불태워졌으니까요."

"아, 그렇군요. 그렇다면 모든 게 설명이 됩니다. 사크누셈이 왜 그래야 했는지 이해가 가는군요. 사크누셈은 가톨릭교회의 금서 목록에 올랐기 때문에 그 천재적인 재능으로 발견한 것을 숨겨야 했고, 그래서 이해할 수 없는 암호문 속에 비밀을 감추어야……."

"비밀이라니, 무슨 비밀요?" 프리드릭손 씨가 날카롭게 물었다.

"그건…… 그러니까……." 삼촌은 우물거렸다.

"혹시 특별한 문서라도 갖고 계십니까?"

"아뇨…… 그냥 그럴지도 모른다고 상상해 봤을 뿐입니다."

"그렇습니까?"

프리드릭손 씨는 삼촌이 허둥대는 것을 보고 친절하게도 더 이상 캐묻지 않았다. 그러고는 이렇게 덧붙였다.

"우리 섬의 풍부한 광물을 연구하지 않고 떠나시지는 않겠지요?"

"그럼요. 하지만 아무래도 저는 좀 늦게 온 것 같습니다. 학자들이 벌써 이곳을 샅샅이 뒤졌겠지요?"

"물론입니다. 많은 학자들이 찾아와서 이 섬을 조사했지요. 그 덕택에 우리는 아이슬란드에 대해 많은 것을 알게 되었지만, 그래도 여전히 연구할 게 많습니다."

"정말로 그렇게 생각하십니까?"

"그럼요. 연구해야 할 산과 계곡, 빙하와 화산이 얼마든지 있습니다! 조사가 이루어지지 않은 곳이 아직도 많아요. 멀리 갈 것도 없이, 저기 수평선에 우뚝 솟아 있는 산을 보세요. 스나이펠스라는 산인데……."

"그렇습니까? 스나이펠스……."

"가장 유별난 화산인데, 그곳 분화구는 사람의 발길이 거의 닿지 않았답니다."

"사화산인가요?"

"물론이죠. 지난 5백 년 동안 활동을 하지 않았으니까요."

"아, 그렇군요!" 삼촌은 펄쩍 뛰어오르고 싶은 몸을 억누르느라 다리를 계속 바꿔 꼬면서 대답했다. "저 화산부터 연구를 시작하고 싶군요. 산 이름이 뭐라고 하셨죠? 세펠…… 아니, 페셀……."

"스나이펠스요." 선량한 프리드릭손 씨는 참을성 있게 대답했다.

대화의 이 부분은 라틴어로 이루어졌기 때문에 나도 알아들을 수 있었다. 나는 삼촌의 태도를 보고 자꾸만 웃음이 나왔다. 삼촌은 얼굴의 모든 구멍에서 만족감이 줄줄 흘러나오고 있는데도, 그것을 감추려 애쓰고 있었다. 게다가 아무것도 모르는 체하려고 얼굴 근육을 잔뜩 긴장시키고 있어서, 그 모양이 꼭 우거지상을 한 늙은 악마처럼 보였다.

"당신 얘기를 듣고 결심했습니다! 스나이펠스에 올라가 보겠습니다. 가능하면 분화구도 조사해 볼 작정입니다."

"잘 생각하셨습니다. 하지만 정말 유감이군요. 저는 일 때문에 레이캬비크를 떠날 수가 없어서요. 그렇지만 않으면 기꺼운 마음으로 동행했을 텐데 말입니다."

"아닙니다! 아니에요!" 삼촌은 얼른 대답했다. "누구에게도 폐를 끼치고 싶지 않습니다."

아이슬란드 사람답게 순진한 집주인이 삼촌의 뻔뻔스러운 속임수를 눈치채지는 못했을 거라고, 나는 그렇게 생각하고 싶다.

"저 화산부터 연구를 시작하는 건 아주 좋은 생각인 것 같군요. 거기서는 흥미로운 것을 많이 관찰할 수 있을 겁니다. 그런데 스나이펠스반도에는 어떻게 가실 작정이세요?"

"배를 타고 만을 가로지를까 합니다. 그게 가장 빠른 길이니까요."

"그렇긴 하지만 바다로는 갈 수가 없습니다."

"아니, 왜요?"

"레이캬비크에는 작은 배가 한 척도 없으니까요."

"맙소사!"

"그러니까 해안을 따라 육로로 가셔야 할 거예요. 시간은 더 오래 걸리겠지만, 훨씬 재미있을 겁니다."

"좋습니다. 그럼 안내인을 구해야겠군요."

"사실은 추천할 만한 안내인이 있습니다."

"믿을 만하고 똑똑한 사람인가요?"

"그럼요. 스나이펠스반도에 사는 사람인데, 뛰어난 솜털오리 사냥꾼이죠. 교수님도 마음에 드실 겁니다. 덴마크어를 유창하게 구사한답니다."

"언제 만날 수 있을까요?"

"원하신다면 내일이라도."

"왜, 오늘은 안 됩니까?"

"내일에나 여기 올 테니까요."

"그럼 내일 만나기로 하죠."

이 대화는 몇 분 뒤 독일 학자가 아이슬란드 학자에게 고맙다는 인사를 하는 것으로 끝났다. 저녁을 먹는 동안 삼촌은 중요한 정보를 몇 가지 얻었다. 사크누셈의 내력, 그가 그 수수께끼 같은 문서를 남긴 이유, 프리드릭손 씨가 탐험에 동행하지 않을 거라는 사실, 그리고 이튿날 안내인을 만날 수 있다는 소식까지.

8장

안내인 한스 비엘케

 이튿날 아침에 눈을 뜨자 옆방에서 이야기하는 삼촌 목소리가 들렸다. 나는 벌떡 일어나 삼촌 방으로 갔다.

 삼촌은 키가 크고 체격이 건장한 남자와 덴마크어로 이야기하고 있었다. 이 거구의 사내는 힘이 장사일 게 분명했다. 얼굴은 순박해 보이지만 눈은 총명하게 빛나고 있었다. 눈은 꿈꾸는 듯한 푸른색이었다. 붉은 머리털이 운동선수처럼 딱 바라진 어깨까지 길게 늘어져 있었다. 그의 풍모에는 차분한 성격이 드러나 있었다. 게으른 게 아니라 과묵하고 신중한 사람 같았다.

 그가 삼촌의 입에서 쏟아져 나오는 말에 귀 기울이는 태도를 보면 그의 성격을 짐작할 수 있었다. 삼촌이 열정적인 몸짓을 되풀이하는데도 그는 팔짱을 낀 채 꿈쩍도 하지 않았다. 아니라고 말하고 싶을 때는 고개를 왼쪽에서 오른쪽으로 저었고, 그렇다고 말하고 싶을 때는 고개를 위에서 아래로 끄덕였다. 하지만 동작이 너무 작아서, 길게 늘어진 머리카락이 거의 움직이지 않을 정도였다. 그는 구두쇠처럼 몸짓을 아꼈다.

외모만 보았다면 그가 사냥꾼이라는 것을 짐작도 못했을 것이다. 사냥을 하려면 사냥감에 재빨리 달려들어야 하는데, 그렇게 덩치 크고 굼뜬 사람이 어떻게 사냥감에 접근할 수 있단 말인가?

그러나 어젯밤에 프리드릭손 씨가 한 말이 생각났다. 그는 이 사내가 솜털오리 사냥꾼이라고 소개했다. 그 기억이 떠오른 순간 의문이 풀렸다. 솜털오리의 깃털은 이 섬의 주요 수입원인데, 그것은 몸을 많이 움직이지 않아도 얼마든지 모을 수 있었다.

이 차분하고 과묵한 솜털오리 사냥꾼의 이름은 한스 비엘케였다. 프리드릭손 씨의 추천장을 가져왔는데, 그가 바로 우리의 안내인이 될 사람이었다. 그의 태도는 삼촌과 뚜렷한 대조를 이루었다.

그런데도 한스와 삼촌은 처음부터 죽이 잘 맞았다. 사례비를 얼마로 할 것인지는 둘 다 안중에도 없었다. 한스는 삼촌이 주는 대로 받을 준비가 되어 있었고, 삼촌은 한스가 요구하는 대로 줄 각오가 되어 있었다. 이보다 더 쉬운 흥정은 없었다.

계약에 따라 한스는 스나이펠스반도 남해안에 있는 스타피 마을까지 우리를 안내하는 일을 맡았다. 스타피 마을은 스나이펠스산 남쪽 기슭에 자리 잡고 있었는데, 육로로 약 150킬로미터, 삼촌의 계산으로는 7~8일 걸리는 거리였다.

우리는 말을 네 마리 빌리기로 했다. 두 마리는 삼촌과 내가 타고, 나머지 두 마리는 짐을 나르기 위해서였다. 걷는 데 익숙한 한스는 걸어서 가기로 했다. 그는 이 일대 해안을 손바닥 들여다보듯 알고 있었기 때문에 우리를 지름길로 안내하겠다고 약속했다.

한스는 스타피 마을에 도착할 때까지만이 아니라 탐험이 끝날 때까지 일주일에 25마르크를 받고 계속 도와주기로 삼촌과 계약을 맺었다. 다만 삼촌은 매주 토요일 저녁에 임금을 지불해야 하고, 돈을 주지 않으면 계약은 무효가 된다는 조건이 붙어 있었다.

출발일은 6월 16일로 정해졌다. 삼촌은 한스에게 선금을 주려고 했지만, 한스는 한마디로 거절했다.

"에프테르."

"나중에라는 뜻이야." 삼촌이 나에게 가르쳐 주었다.

합의가 이루어지자마자 사냥꾼은 떠났다.

"한스는 완벽해." 삼촌이 말했다. "하지만 자신이 맡게 될 역할이 얼마나 훌륭한 것인지는 짐작도 못하고 있어."

"그럼 한스도 우리와 함께……."

"지구의 중심으로 내려가는 거지."

떠날 때까지는 아직 48시간이 남아 있었지만, 유감스럽게도 나는 그 귀중한 시간을 여행 준비에 바쳐야 했다. 짐은 계기류, 무기류, 연장, 식량으로 나누어 네 꾸러미로 꾸렸다.

계기류에는 온도계, 압력계, 크로노미터(천문 관측과 항해 따위에 쓰는 휴대용 정밀시계), 나침반, 야간용 망원경, 룸코르프 램프(전지와 코일을 이용하여 빛을 내는 휴대용 램프) 따위가 포함되었다.

무기는 권총 두 자루와 소총 두 자루였다. 도대체 무엇 때문에 무기를 가져가는지 알 수 없었다. 야만인이나 야생 동물을 그렇게 많이 만날 것이라고는 생각되지 않았다. 하지만 삼촌은 계기와 무기에 강한 집착을 갖고 있는 듯했다. 특히 습기에 영향을 받지 않는, 그러면서도 보통 화약보다 폭발력이 훨씬 강한 솜화약을 잔뜩 가져가고 싶어 했다.

연장으로는 피켈 두 개, 곡괭이 두 개, 명주실로 만든 밧줄 사다리 한 개, 지팡이 세 개, 도끼와 망치가 각각 한 개, 쐐기와 하켄 한 다스, 매듭 밧줄 몇 개였다. 밧줄 사다리 하나만 해도 길이가 100미터나 되었기 때문에 연장 꾸러미는 부피가 커질 수밖에 없었다.

마지막은 식량이었다. 꾸러미는 그리 크지 않았지만, 소고기를 말린 육포와 건빵이 반년 치나 들어 있는 것을 알고 나는 적이 안심했다. 마실 물은 하나도 없었지만, 물통이 있으니까 거기에 샘물을 채우면 된다는 것이 삼촌의 계산이었다.

여행용품 목록에 마지막으로 추가할 것은 휴대용 구급상자였다. 상자에는 가위, 골절용 부목, 붕대와 압박붕대, 반창고, 사혈기 따위가 들어 있었고, 소독용 알코올, 에테르, 식초, 암모니아가 들어 있는 작은 병들도 포함되어 있었다.

삼촌은 담배와 사냥용 화약을 챙기는 것도 잊지 않았고, 허리에 두를 가죽 가방도 챙겼다. 이 가방에는 금화와 은화와 지폐가 충분히 들어 있었다. 타르와 고무를 발라서 방수 처리한 튼튼한 구두 여섯 켤레는 '잡동사니'로 분류되었다.

6월 14일은 온종일 짐을 정리하면서 보냈고, 그 이튿날에는 준비가 다 끝났다. 프리드릭손 씨는 완벽한 아이슬란드 지도를 선물하여 삼촌을 기쁘게 해 주었다.

마지막 저녁은 프리드릭손 씨와 대화를 나누면서 보냈다. 나는 그에게 진심으로 호감을 갖게 되었다. 이야기를 끝낸 뒤 잠자리에 들었지만, 나는 기분이 들떠서 잠을 설쳤다.

새벽 5시에 나는 네 마리의 말이 창문 밑에서 뒷발을 차며 히힝거리는 소리에 눈을 떴다. 얼른 옷을 주워 입고 밖으로 나가 보니 한스가 벌써 짐을 다 실은 참이었다. 손가락 하나 움직이지 않고 일하는 그의 재주는 정말 놀라울 정도였다.

6시에는 모든 준비가 끝났다. 프리드릭손 씨는 우리와 악수를 나누었다. 삼촌은 친절하게 환대해 주어서 고맙다고 아이슬란드어로 다정하게 인사를 했다. 프리드릭손 씨는 앞날이 불확실한 여행을 떠나는 우리를 위해 미리 지어 놓은 듯한 베르길리우스의 시구로 마지막 작별 인사를 했다.

"운명이 이끄는 곳이라면 어디든 기꺼이 따라가리라."

말을 타고 미지의 땅을 지나가는 즐거움 때문에 나는 기분 좋게 모험을 떠날 수 있었다. 여행을 떠나는 나그네의 행복감, 기대와 해방감이 뒤섞인 그 설레는 기분이 나를 사로잡았다. 나는 여행에 정말로 빠져들기 시작했다.

한스는 빠르지만 규칙적이고 한결같은 걸음으로 앞장서서 걸었다. 짐을 실은 말 두 마리는 한스가 끌지 않아도 얌전히 따라가고 있었다. 삼촌과 나는, 체구는 작지만 다부진 말 위에 올라탄 우리 모습이 구경거리가 되지 않도록 애쓰면서 맨 뒤에서 따라갔다.

작은 말에 비해 삼촌의 덩치가 너무 커 보여서 나는 웃음을 참을 수 없었다. 삼촌의 긴 다리가 땅바닥에 거의 닿아 있어서, 다리가 여섯 달린 괴물처럼 보였기 때문이다.

레이캬비크를 벗어나자마자 한스는 해안을 따라 나아가기 시작했다. 우리는 풀이 드문드문 돋아나 있는 빈약한 목초지를 가로질렀다.

레이캬비크를 떠난 지 두 시간 만에 우리는 구푸네스 마을에 도착해서 아침을 먹었고, 정오 무렵 에윌베르그 마을에 도착하여 점심을 먹었다. 오늘 밤을 어디서 보낼 작정이냐고 물었을 때 한스의 대답은 딱 한마디뿐이었다.

"가르데르."

지도를 보았더니, 레이캬비크에서 30킬로미터 떨어진 흐발 피오르 해안에 그런 이름의 작은 마을이 있었다.

흐발 피오르 남해안에 자리 잡고 있는 사우르뵈에르 마을에 도착한 것은 오후 4시경이었다. 날카로운 바위에 부딪혀 부서지는 파도 소리가 요란했다. 후미의 양쪽에 솟아 있는 암벽은 높이가 1,000미터쯤 되는 낭떠러지였다.

삼촌은 해안 쪽으로 말을 몰았다. 삼촌이 탄 말은 해안에 철썩철썩 밀려오는 파도에 코를 대고 킁킁 냄새를 맡다가 멈춰 섰다. 말이 거부하는데도 삼촌은 계속 몰아 댔다. 말은 고개를 저으며 또다시 거부했다. 삼촌이 욕설을 뱉으며 채찍을 휘두르자 말은 발길질을 하면서 삼촌을 떨어뜨리려고 애썼다. 마침내 작은 말은 무릎을 구부려 삼촌의 다리 밑에서 빠져나왔고, 뒤에 남은 삼촌은 두 개의 바위에 발을 하나씩 딛고 서 있었다.

그때 한스가 삼촌의 어깨를 건드리면서 말했다.

"페리!"

"뭐? 페리?"

"아아, 저기 나룻배가 있군요." 내가 소리쳤다.

"티드바텐!"

"뭐라는 거예요?"

"조류라는 뜻이야."

"조류를 기다려야 하나요?"

"푀르비다?" 삼촌이 한스에게 물었다.

한스가 그렇다고 대답했다.

나는 조류가 적당해지는 순간을 기다렸다가 피오르를 건너야 한다는 것을 충분히 이해할 수 있었다. 바닷물이 최고 수위에 이르러 움직임을 멈춘 순간을 기다려야 한다. 그때는 밀물과 썰물이 느껴지지 않고, 따라서 나룻배는 후미 안쪽으로 떠밀려가거나 바다로 끌려나갈 위험이 없다.

그 적당한 순간은 6시에 찾아왔다. 삼촌과 나, 한스, 나룻배 사공 둘, 그리고 말 네 마리는 금방이라도 부서질 것처럼 보이는 배에 올라탔다. 피오르를 건너는 데에는 한 시간이 넘게 걸렸지만, 마침내 무사히 건너편 해안에 도착할 수 있었다.

30분 뒤에 우리는 가르데르 마을에 도착했다.

9 장

셀베르투

이때쯤이면 날이 어두워지는 게 당연하다. 그러나 북위 65도의 북극권에서는 밤중에 햇빛이 있어도 놀랄 일은 아니었다. 아이슬란드에서는 6월과 7월에 해가 지지 않는다.

그래도 기온은 많이 내려가 있었다. 나는 추웠고, 무엇보다도 배가 고팠다. 가장 반가운 것은 우리를 극진하게 맞아 준 '보에르'였다.

초라한 농가였지만, 손님을 환대한다는 점에서는 왕궁 못지않았다. 우리가 도착하자 주인은 밖으로 나와 악수를 나누고는, 어서 집으로 들어오라는 몸짓을 했다.

우리가 안내된 방은 꽤 널찍했다. 바닥은 흙바닥이었고, 창문에는 유리 대신 불투명한 양피지를 발라 놓았다. 침대는 나무틀 속에 마른 짚을 쌓아 놓은 것이었다. 기대했던 것보다 훨씬 쾌적한 잠자리였다. 하지만 집 안에는 말린 생선과 소금에 절인 고기와 시큼한 우유에서 나는 냄새가 진동하고 있어서 코의 상태가 이상해졌다.

우리가 마구를 내리고 있는데, 부엌으로 들어오라고 부르는 주인의 목소리가 들렸다. 날씨가 아무리 추워도 불을 피우는 방은 부엌뿐이었다.

우리가 들어가자 집주인은 우리를 처음 보는 것처럼 새삼스럽게 "셀베르투!" 하고 인사를 했다. 이것은 '행복하세요'라는 뜻이다. 주인은 우리에게 다가와 뺨에 입을 맞추었다.

다음에는 안주인이 똑같은 말을 하면서 똑같은 인사를 했다. 이어서 두 사람은 가슴에 오른손을 대고 깊이 고개를 숙였다.

서둘러 덧붙이자면, 이 아이슬란드 여자는 아이를 열아홉이나 낳았다. 큰 아이도 있고 작은 아이도 있지만, 화로에서 소용돌이치며 올라와 방 안을 가득 채운 연기 속에 열아홉 명의 아이가 모두 뒤엉켜 우글거리고 있었다.

아이들은 삼촌과 나를 따뜻하게 맞아 주었다. 우리 어깨에는 금세 서너 명의 개구쟁이가 올라탔고, 무릎 위에도 같은 수의 개구쟁이가 올라앉았고, 나머지는 무릎 사이에 자리를 잡았다. 말을 할 줄 아는 아이들은 온갖 높이의 목소리로 "셀베르투!"를 되풀이했다. 말을 못하는 아이들은 더 큰 소리로 고함만 질러댔다.

대합창은 식사가 준비된 것을 알리는 목소리로 중단되었다.

이때 한스가 말에게 먹이를 주고 돌아왔다. 먹이를 준다고 해도 말들을 들판에 풀어놓았을 뿐이니까 정말 경제적이다. 불쌍한 말들은 바위에 듬성듬성 돋아난 이끼와 별로 영양가도 없는 해초를 씹어먹는 것으로 만족할 수밖에 없었다. 날이 밝으면 말들은 어제 한 일을 계속하기 위해 제 발로 돌아올 터였다.

"셀베르투!" 한스가 말했다.

그러고는 집주인과 안주인과 열아홉 명의 아이들에게 차례로 똑같이 입을 맞추었다.

이렇게 요란한 인사가 끝나자 우리 스물네 명은 식탁으로 자리를 옮겼다. 집주인은 이끼 수프를 나누어 주었는데, 그런대로 먹을 만했다. 이어서 20년 동안 발효시킨 시큼한 버터 속에서 헤엄치고 있는 말린 생선을 접시에 듬뿍 담아 주었다. 이것과 함께 시큼한 우유와 비스킷이 나왔다. 나는 너무 배가 고파서, 이 향토 음식이 좋은지 나쁜지 판단할 수 없었다. 디저트로 나온 걸쭉한 메밀 죽까지도 한 방울 남기지 않고 들이켰다.

식사가 끝나자 아이들은 사라졌고 어른들은 화로 주위에 모여 앉았다. 화로에서는 토탄과 말린 쇠똥과 생선 가시가 타고 있었다. 이 '불 쬐기'가 끝난 뒤, 어른들도 여러 무리로 나뉘어 각자 방으로 들어갔다. 마침내 짚을 깐 침대에 몸을 웅크리고 누울 수 있었다.

이튿날 새벽 5시에 우리는 아이슬란드 농부에게 작별 인사를 했다. 삼촌은 농부에게 넉넉한 사례금을 주려고 했지만, 농부가 받지 않으려고 해서 무진 애를 먹었다. 마침내 한스가 출발 신호를 보냈다.

가르데르를 떠나 백 걸음도 가기 전에 풍경이 달라지기 시작했다. 땅은 늪처럼 질척거려 걷기가 점점 어려워졌다. 오른쪽에는 끝없이 이어진 산줄기가 거대한 천연 장벽을 이루고 있었다. 우리는 그 장벽의 바깥쪽 비탈을 따라가고 있었다. 시내가 자주 나타났고, 짐이 젖지 않도록 얕은 여울을 따라 건너야 했다.

저녁때 송어와 꼬치고기가 우글거리는 알파강과 헤타강을 건넌 뒤, 금방이라도 무너질 것 같은 오두막에서 밤을 보내야 했다. 스칸디나비아 신화에 나오는 귀신들이 죄다 나올 듯싶은 폐가였다. 추위 귀신은 그 집에 거처를 정한 듯, 밤새도록 못된 장난을 치면서 우리를 괴롭혔다.

이튿날은 이렇다 할 사건 하나 없이 지나갔다. 여전히 똑같은 늪지대, 똑같이 단조로운 풍경, 똑같이 음울한 얼굴들. 저녁때 우리는 레이캬비크와 스나이펠스의 중간 지점에 도착했다. 전체 거리의 절반을 온 셈이다. 우리는 크뢰솔브트 마을에서 잠을 잤다.

6월 19일, 우리 발밑에는 용암층이 10킬로미터쯤 뻗어 있었다.

말들은 잘 걷고 있었다. 아무리 험한 지형도 다부진 아이슬란드 말의 걸음을 막을 수는 없었다. 나는 심한 피로를 느끼기 시작했지만, 삼촌은 여행에 나선 첫날과 마찬가지로 여전히 말 위에 꼿꼿이 앉아 있었다. 나는 이 원정을 가벼운 산책 정도로 여기는 솜털오리 사냥꾼만이 아니라 삼촌에게도 탄복하지 않을 수 없었다.

6월 20일 토요일 오후 6시, 우리는 해안 마을인 뷔디르에 도착했다. 한스는 약속한 돈을 달라고 요구했고, 삼촌은 약속한 액수의 돈을 지불했다. 이 마을에서 우리를 접대한 것은 한스의 친척—삼촌과 사촌들—이었다. 그들은 우리를 따뜻하게 맞아 주었다. 나는 그 집에 좀 더 오래 머물면서 여행의 피로를 털어 내고 싶었지만, 씻어 내야 할 피로가 없는 삼촌은 그렇게 생각하지 않았다. 이튿날 우리는 다시 말을 타고 떠나야 했다.

스나이펠스와 가까운 땅은 산의 영향을 받았다. 화강암 뿌리가 참나무 고목의 뿌리처럼 땅 위로 드러나 있었다. 우리는 이 화산의 웅장한 기슭을 따라 빙 돌아가고 있었다. 네 시간 뒤, 마침내 말들이 시키지도 않았는데 스스로 알아서 스타피 목사관 앞에 멈춰 섰다.

스타피는 서른 채 가량의 오두막으로 이루어진 마을이다. 기묘하게 생긴 현무암 절벽의 일부를 이루고 있는 작은 피오르 끝에 자리 잡고 있었다.

반도 일대의 해안선이 모두 그렇듯이, 피오르 해안의 암벽은 10미터 높이의 수직 원기둥으로 이루어져 있었다. 완벽한 균형을 이루며 똑바로 서 있는 기둥들은 수평 기둥으로 이루어진 천장을 떠받치고, 수평 기둥들의 끝부분은 바다 위로 처마처럼 튀어나와 있었다. 이 천연의 처마 밑에는 일정한 간격을 두고 반원형 구멍이 뚫려 있고, 바다에서 밀려오는 파도가 이 구멍을 지나면서 거품을 일으키는 것이 보였다.

우리가 지상 여행의 마지막 밤을 보내기 위해 들른 스타피는 이런 곳이었다. 한스가 우리를 여기까지 무사히 데려온 것은 그의 머리가 영리하다는 증거였다. 그렇게 똑똑한 사람이 앞으로도 우리와 함께 여행을 계속한다고 생각하자 한결 마음이 놓였다.

목사관은 그 이웃집보다 좋지도 안락하지도 않은 납작한 농가였다. 목사관 문 앞에 이르렀을 때, 가죽 앞치마를 두른 남자가 망치를 들고 말편자를 박고 있는 것이 보였다.

"셀베르투." 한스가 말했다.

"고드 다그." 말편자를 박고 있던 대장장이도 덴마크어로 대답했다.

"퀴르코헤르데." 한스가 삼촌을 돌아보며 말했다.

"목사라고? 악셀, 저 양반이 목사님인가 보다."

그동안 한스는 '퀴르코헤르데'에게 사정을 설명하고 있었다. 목사는 일을 멈추고, 말 장수를 상대할 때나 어울릴 듯한 목소리로 고함을 질렀다. 그러자 당장 목사관에서 기골이 장대하고 우락부락 생긴 여자가 나타났다.

객실은 목사관에서 제일 형편없는 방처럼 보였다. 비좁고 지저분한 데다 고약한 냄새가 물씬 풍겼지만, 우리로서는 선택할 여지가 없었다. 손님을 환대하는 것이 아이슬란드의 전통인 줄 알았는데, 목사는 우리를 환대하기는커녕, 해가 질 때까지 일하느라 바빴고, 주님의 대리인 역할도 하지 않았다. 사실 그날은 일요일이었는데.

삼촌은 상대가 어떤 부류의 인간인지를 당장 알아차렸다. 목사는 고상하고 훌륭한 학자가 아니라 우둔하고 막돼먹은 시골뜨기였다. 그래서 삼촌은 불편한 목사관을 떠나 되도록 빨리 탐험을 시작하기로 결심했다.

그래서 스타피에 도착한 다음 날에는 벌써 떠날 준비가 끝났다. 한스는 말 대신에 짐을 운반할 사람을 세 명 고용했다. 이 현지인들에게 삼촌은, 분화구 바닥에 도착하면 우리만 남겨둔 채 돌아가야 한다는 점을 단단히 확인시켰다.

이 시점에서 삼촌은 한스에게 화산 탐험이 가능한 곳까지 계속 갈 것이라고 솔직히 털어놓을 수밖에 없었다.

한스는 그저 고개만 까딱했을 뿐이다. 화산에 가든 다른 어디에 가든, 섬의 내장 속으로 뛰어들든 땅 위를 여행하든, 그에게는 아무런 차이도 없었다.

한 가지 생각이 집요하게 나를 괴롭혔다. 나는 속으로 중얼거렸다.

'그래, 우리는 이제 스나이펠스산을 올라갈 거야. 그건 좋아. 꼭대기에서 분화구를 바라보겠지. 그것도 좋아. 다른 사람들도 살아 돌아와서 그 이야기를 했으니까. 하지만 우리가 할 일은 그것으로 끝나는 게 아니야. 사누크셈이 진실을 말했다면, 그래서 지구의 내장 속으로 들어가는 통로가 정말로 나타나면, 우리는 화산의 지하 통로로 사라져야 해. 그런데 스나이펠스가 사화산이라는 증거는 전혀 없어. 분화를 일으킬 준비가 되어 있지 않다고 어떻게 장담할 수 있지? 그 괴물이 1229년 이래 줄곧 잠자고 있었다고 해서 다시는 깨어나지 않을 거라고 말할 수는 없잖아? 괴물이 깨어나면 우리는 어떻게 될까?'

나는 삼촌에게 가서 내가 두려워하는 게 무엇인지 털어놓은 다음, 삼촌이 마음대로 분노를 터뜨릴 수 있도록 한 발짝 물러섰다.

그런데 삼촌은 뜻밖의 반응을 보였다.

"그건 나도 생각하고 있었다. 스나이펠스는 600년 동안 줄곧 잠잠했지만, 다시 으르렁거릴지도 몰라. 하지만 분화가 일어나기 전에는 반드시 잘 알려진 현상이 나타나게 마련이지. 그래서 이곳 주민들한테 물어보고 땅도 조사해 봤는데, 그 결과 분화는 결코 일어나지 않을 거라고 자신 있게 장담할 수 있어."

나는 이 말에 소스라치게 놀라서 아무 대꾸도 하지 못했다.

"내 말을 믿지 못하겠다는 거냐? 좋다. 그럼 나를 따라와 봐."

목사관을 나오자 삼촌은 현무암 벼랑 틈새를 지나 내륙 쪽으로 들어갔다. 곧이어 탁 트인 들판이 눈앞에 펼쳐졌다. 말이 들판이지, 사실은 화산 분출물로 이루어진 거대한 불모지일 뿐이었다.

여기저기 하늘로 피어오르는 증기가 보였다. 아이슬란드어로 '레이키르'라고 불리는 이 하얀 안개는 온천에서 나오는 것이었다. 세차게 뿜어 나오는 증기는 땅이 화산 활동을 하고 있다는 증거였다. 내 두려움이 현실로 입증된 것 같았다. 그래서 삼촌이 이렇게 말했을 때는 깜짝 놀랐다.

"저 증기가 보이지? 저건 화산의 분노를 전혀 두려워할 필요가 없다는 증거야."

"그럴 리가!"

"잘 들어. 분화가 임박하면 증기가 상당히 증가하지만, 분화가 실제로 일어나고 있을 때는 완전히 사라지게 돼. 팽창하는 기체가 필요한 압력을 얻지 못해서 지각 틈새로 빠져

나오는 대신 분화구로 가기 때문이지. 따라서 증기가 정상적인 상태를 유지하고 있으면, 그래서 증기의 압력이 증가하지 않으면, 거기에다 비바람이 사라진 대신 공기가 탁하고 잔잔해졌다는 관찰 결과가 추가되지 않으면, 당장은 분화가 일어나지 않는다고 장담할 수 있는 거야."

"하지만……."

"이제 됐어. 과학이 장담한 이상, 입 다물고 가만히 있을 수밖에 없지."

나는 풀이 죽은 채 목사관으로 돌아왔다.

이튿날인 6월 23일, 한스는 식량과 연장과 기구를 짊어진 동료들과 함께 우리를 기다리고 있었다. 삼촌과 내 몫으로는 지팡이 두 개, 소총 두 자루, 탄창 두 개가 따로 놓여 있었다. 선견지명이 있는 한스는 염소 가죽으로 만든 커다란 물통 하나를 우리 가방에 집어넣었다. 우리가 가져온 휴대용 물병과 그 물통에 물을 채우면 일주일은 물 걱정을 하지 않아도 될 것이다.

오전 9시였다. 목사와 덩치 크고 무뚝뚝한 여자가 문간에서 우리를 기다리고 있었다. 아마 집주인으로서 나그네들에게 작별 인사를 하고 싶었을 것이다. 하지만 이 작별 인사는 뜻밖에도 청구서라는 형태를 취하고 있었다. 게다가 그들은 손님을 그렇게 푸대접해 놓고도 극진한 대접이라도 베푼 것처럼 과대평가하여 비싼 값을 매겼다.

삼촌은 선선히 돈을 냈다. 지구의 중심으로 떠나는 사람에게 그까짓 돈 몇 푼은 코웃음거리였다.

문제가 해결되자 한스가 출발 신호를 보냈다. 몇 분 뒤에 우리는 스타피 마을을 벗어났다.

10장

스나이펠스산

스나이펠스산의 높이는 약 1,500미터다. 원뿔 모양의 봉우리 두 개는 이 섬의 주요 산맥에서 띠 모양으로 갈라져 나온 암석지대의 끝자락을 이룬다. 우리가 출발한 곳에서는 잿빛 하늘을 배경으로 검게 떠오른 스나이펠스의 두 봉우리가 보이지 않았다. 내가 볼 수 있었던 것은 거인의 이마까지 푹 내려온 거대한 모자뿐이었다.

우리는 한스를 따라 한 줄로 걸어갔다. 한스는 두 사람이 나란히 설 수도 없을 만큼 좁은 오솔길을 올라가고 있었다. 따라서 서로 대화를 나누기도 어려웠다.

길은 갈수록 험해졌다. 경사가 점점 가팔라졌고, 건들거리는 바위는 쉽게 움직였다. 추락할 위험을 피하려면 정신을 집중하여 조심스럽게 발을 내디뎌야 했다.

한스는 평지를 걷는 것처럼 유유히 올라갔다. 이따금 거대한 바위 뒤로 사라지곤 했지만, 잠시 뒤에는 그의 입에서 나오는 날카로운 휘파람 소리가 우리에게 길을 알려 주었다. 그는 자주 걸음을 멈추고 돌멩이를 집어서 세모꼴로 배열하곤 했다. 돌아갈 길을 알려 주는 표지를 만드는 것이다. 그것 자체는 훌륭한 사전 대책이지만, 앞으로 일어날 사건 때문에 결국에는 쓸모없게 될 터였다.

험한 길을 세 시간이나 힘겹게 걸어서 겨우 산기슭에 도착했다. 여기서 한스는 잠시 쉬었다 가자고 말했고, 우리는 모두 점심을 먹었다. 한스는 한 시간 뒤에야 출발 신호를 보냈다.

이제 우리는 스나이펠스산 비탈을 올라가기 시작했다. 산에서 흔히 일어나는 착시 현상 때문에 눈 덮인 스나이펠스 정상은 실제보다 훨씬 가까워 보였다.

어떤 곳에서는 산비탈이 적어도 36도의 급경사를 이루고 있었다. 그런 곳은 도저히 올라갈 수가 없었다. 그래서 암석이 흩어져 있는 가파른 비탈을 빙 돌아서 가야 했지만, 그것도 여간 어려운 일이 아니었다. 그런 경우, 우리는 지팡이를 이용하여 서로를 도와주었다.

삼촌은 되도록 내 곁에 바싹 붙어 있었다. 한시도 나를 시야에서 놓치지 않았고, 팔을 내밀어 받쳐 준 것도 한두 번이 아니었다. 삼촌은 놀라운 균형 감각을 타고난 것이 분명했다. 그래서 아무리 위험한 길도 망설이지 않고 지나갔다. 아이슬란드인들은 무거운 짐을 지고도 고지 사람들답게 거침없이 산을 올라갔다.

저녁 7시까지 우리는 돌층계를 2,000계단이나 올라가, 산 중턱에 혹처럼 부풀어 오른 곳에 이르렀다. 그곳은 분화구를 이루고 있는 원뿔이 놓여 있는 일종의 받침대였다.

1,000미터 아래에 바다가 펼쳐져 있었다. 우리는 만년설 한계선 위로 올라와 있었지만, 아이슬란드는 습도가 높아서 만년설 한계선의 높이가 비교적 낮았다. 산 위는 살을 에는 듯이 추웠고 바람이 세차게 몰아쳤다. 나는 완전히 녹초가 되어 있었다. 삼촌은 내 꼴을 보았는지, 빨리 가고 싶어 애가 타면서도 잠시 쉬어 가기로 결정했다. 그래서 삼촌은 한스에게 신호를 보냈지만 한스는 고개를 저으면서 말했다.

"오프반피르."

"좀 더 올라갈 필요가 있는 모양이야."

삼촌은 한스에게 그 이유를 물었다.

"미스토우르."

"그게 무슨 뜻이에요?"

내가 불안하게 묻자, 삼촌이 대답했다.

"저길 봐라."

나는 고개를 돌려 평야를 내려다보았다. 잘게 부수어진 속돌과 모래와 먼지가 거대한 기둥을 이루어 용오름처럼 소용돌이치면서 올라오고 있었다. 바람이 그 기둥을 우리가 지금 올라가고 있는 스나이펠스 측면으로 내몰고 있었다. 아이슬란드어로 '미스토우르'라고 부르는 이 현상은 빙하지대에서 바람이 불어올 때 흔히 일어난다.

"하스티그트, 하스티그트." 한스가 소리쳤다.

나는 덴마크어를 몰랐지만, 되도록 빨리 한스를 따라가야 한다는 것은 알 수 있었다. 한스는 좀 더 쉽게 가기 위해 비스듬한 각도로 분화구 원뿔을 돌기 시작했다. 곧이어 용오름이 산에 부딪혀 박살이 났다. 그 충격으로 산이 뒤흔들렸다. 소용돌이 속에 잡혀 있던 돌멩이들이 우박처럼 쏟아져 내렸다. 마치 화산이 터진 것 같았다. 다행히 우리는 반대편에 있어서 위험을 피할 수 있었다. 한스가 미리 알고 조심했기에 망정이지, 그러지 않았다면 우리는 몸뚱이가 갈기갈기 찢긴 채 저 멀리 어딘가에 떨어졌을 것이다.

밤 11시에 드디어 스나이펠스 정상에 도착했다.

서둘러 저녁을 먹은 뒤, 우리 일행은 되도록 편안한 곳에 자리를 잡았다. 땅바닥은 너무 딱딱했고, 피난처는 비바람을 피하기도 어려웠다. 해발 1,500미터의 상황은 편안함과는 아예 거리가 멀었다. 하지만 그날 밤 나는 아주 편안하게 잘 잤다. 꿈도 꾸지 않았다.

아침에 일어나 보니 쌀쌀한 기온 때문에 몸이 반쯤 얼어 있었지만, 햇빛이 찬란하게 빛나는 맑은 날씨였다. 나는 바위 침대에서 일어나, 눈앞에 펼쳐진 장관을 즐기러 갔다.

나는 스나이펠스의 쌍둥이 봉우리 가운데 남쪽 봉우리의 꼭대기에 서 있었다. 몸을 한 바퀴 돌리면 섬의 대부분을 파노라마처럼 바라볼 수 있었다. 높은 곳에 올라오면 늘 그렇듯이, 원근감이 흐트러져서 해안은 실제보다 더 높아 보이고 중앙 부분은 쑥 가라앉은 듯이 보였다.

나는 마침내 높은 곳에서 바라보는 전망에 익숙해졌기 때문에, 이번에는 현기증도 느끼지 않고 높은 봉우리가 만들어내는 그 황홀한 경치에 빠져들었다. 밝은 햇빛에 눈이 부셨다. 나는 내가 누구인지, 지금 어디에 있는지도 잊어버린 채, 이제 곧 깊은 땅속으로 뛰어들어야 할 운명이라는 것도 잊어버린 채, 높은 곳에서 느낄 수 있는 쾌감에 도취되었다. 하지만 삼촌과 한스가 다가오는 바람에 현실로 돌아왔다. 두 사람은 내가 서 있는 꼭대기로 올라왔다.

삼촌은 서쪽으로 돌아서서 옅은 안개를 가리켰다. 수평선에 육지 같은 것이 어렴풋이 보였다.

"저게 그린란드야."

"그린란드요?"

"그래. 여기서 150킬로미터도 떨어져 있지 않아. 해빙기가 되면 북극곰들이 유빙을 타고 아이슬란드까지 내려오지. 그건 그렇고, 우리는 지금 스나이펠스 정상에 있는데, 봉우리

하나는 북쪽에 있고 또 하나는 남쪽에 있어. 지금 우리가 서 있는 이 봉우리를 현지인들은 뭐라고 부르는지, 한스가 말해 줄 거야."

사냥꾼은 삼촌의 질문에 대답했다.

"스카르타리스."

삼촌은 득의양양하게 나를 바라보았다.

"자, 가자, 분화구로!"

스나이펠스의 분화구는 우묵한 사발 모양이었다. 지름이 1킬로미터쯤 되고, 깊이는 600미터쯤 되어 보였다. 밑바닥은 둘레가 150미터밖에 안 되기 때문에 비교적 경사가 완만해서 아래로 쉽게 내려갈 수 있었다.

이 분화구를 보자 총부리가 넓게 벌어진 나팔총이 저절로 떠올랐다. 분화구가 나팔총과 너무 비슷해서 오싹 소름이 돋았다. 하지만 그렇다고 되돌아갈 수도 없었다. 한스는 무심한 태도로 앞장섰다. 나는 말없이 그 뒤를 따랐다.

좀 더 쉽게 내려갈 수 있도록 한스는 분화구 안에서 긴 타원형을 그리며 내려갔다. 우리는 분출로 생긴 암석 사이를 지나가야 했다. 갈라진 틈새에 끼어 있다가 빠져나온 돌멩이들이 통통 튀면서 깊은 틈새 바닥으로 쏜살같이 내려가곤 했다. 돌멩이가 떨어지면 야릇한 메아리가 물결처럼 퍼져 나갔다.

우리는 정오 무렵 목적지에 도착했다. 위를 쳐다보니 분화구의 높은 가장자리가 하늘의 일부를 둘러싸고 있었다. 하늘은 둘레가 극적으로 줄어들었을 뿐 거의 완벽한 동그라미를 이루고 있었지만, 딱 한 군데 흠집이 있었다. 스카르타리스 봉우리가 그 거대한 공간 속으로 불쑥 튀어나와 있었기 때문이다.

분화구 바닥에는 구멍 세 개가 뚫려 있었다. 옛날 스나이펠스가 분화했을 때 내부의 불이 용암과 증기를 내보낸 구멍이다. 이 굴뚝은 모두 지름이 30미터 정도였다. 그렇게 커다란 구멍들이 우리 발밑에 아가리를 벌리고 있었다. 나는 감히 구멍 속을 들여다볼 엄두도 나지 않았다. 하지만 삼촌은 구멍의 모양과 크기를 재빨리 조사했다. 가쁜 숨을 몰아쉬면서 이 구멍에서 저 구멍으로 뛰어다니고, 두 팔을 휘두르며 알아들을 수 없는 말을 외치고 있었다. 그런 삼촌을 한스와 그의 동료들은 바위에 걸터앉아서 묵묵히 지켜보고 있었다. 삼촌을 미치광이로 여기는 듯한 눈치였다.

별안간 삼촌이 비명을 질렀다. 나는 삼촌이 발을 헛디뎌 구멍에 빠진 줄 알았다. 그러나 삼촌은 분화구 한복판에 놓여 있는 거대한 바윗덩이 앞에 두 팔을 벌리고 두 다리도 벌린 채 서 있었다. 삼촌은 너무 놀라서 말문이 막힌 것 같았지만, 놀라움은 곧 미친 듯한 행복으로 바뀌었다.

"악셀! 악셀! 이리 와! 어서 내려와!"

나는 뛰어 내려갔다.

"저것 좀 봐라!"

나도 삼촌처럼 놀라서 말문이 막혔지만, 삼촌만큼 행복하지는 않았다. 화강암 바윗덩이의 서쪽 측면에, 세월에 풍화되어 희미해지기는 했지만 천 번 만 번 저주받을 가증스러운 이름이 룬 문자로 새겨져 있었던 것이다.

ᚼᚾᚴ ᚾᛁᛈᚱᚾᚾᚾᛏᛟ

"아르네 사크누셈!" 삼촌이 외쳤다. "이래도 의심할 수 있겠니?"

나는 아무 대답도 않고 완전히 당황한 채 내 바위 의자로 돌아왔다.

얼마나 오랫동안 생각에 잠겨 있었을까. 어쨌든 내가 다시 고개를 들었을 때, 분화구 바닥에는 삼촌과 한스밖에 남아 있지 않았다. 임무를 마친 사람들은 이제 스나이펠스의 바깥쪽 비탈을 따라 스타피 마을로 내려가고 있었다.

한스는 바위 밑에 있는 용암 도랑에 임시 잠자리를 만들고, 그 속에 들어가 조용히 자고 있었다. 삼촌은 한스가 파놓은 함정에 빠진 들짐승처럼 분화구 바닥을 오락가락하고 있었다. 나는 일어날 기력도 없고 일어나고 싶지도 않아서, 한스를 흉내 내어 괴로운 잠 속으로 빠져들었다. 그렇게 선잠을 자면서도 산속에서 우르릉거리는 소리가 들리고 진동

이 느껴지는 것 같았다.

분화구 바닥에서 보낸 첫날 밤은 그렇게 지나갔다.

이튿날은 구름이 잔뜩 낀 우중충한 하늘이 분화구 위에 낮게 드리워져 있었다. 날씨가 흐리다는 것을 알아차린 것은 갈라진 틈새가 어둑해 보였기 때문이 아니라 삼촌이 화를 내고 있었기 때문이다.

삼촌이 그렇게 화가 난 이유는 이렇다.

우리 발밑에 입을 벌리고 있는 세 개의 구멍 가운데 사크누셈이 따라간 통로는 하나뿐이었다. 그 아이슬란드 학자에 따르면 그 통로는 암호문에 설명된 특징으로 확인할 수 있었다. 6월 말경의 며칠 동안 스카르타리스 봉우리의 그림자가 다가와 구멍 셋 가운데 하나의 언저리에서 얼쩡거리는데, 그 구멍이 바로 지구의 중심으로 이어지는 통로라는 것이다.

따라서 스카르타리스의 뾰족한 봉우리는 거대한 해시계 바늘이라고 생각할 수 있었다. 해시계 바늘의 그림자는 지구의 중심으로 가는 길을 알려 주는 표시인 것이다.

해가 없으면 그림자도 없다. 따라서 표시도 없다. 오늘은 6월 25일. 앞으로 엿새 동안 계속해서 하늘이 이렇게 찌푸려 있다면 관측은 내년으로 미룰 수밖에 없을 것이다.

6월 26일, 여전히 아무 일도 일어나지 않았다. 온종일 진눈깨비가 내렸다. 한스는 암석 조각으로 오두막을 지었다. 나는 수천 개의 폭포가 분화구 비탈을 따라 흘러내리는 것을 바라보며 즐거워했다. 폭포는 함께 굴러떨어지는 돌멩이들 때문에 귀가 먹먹해질 정도로 소리가 더욱 요란해졌다.

이튿날도 하늘은 여전히 구름에 가려져 있었다. 하지만 6월 28일, 달의 모양이 바뀌면서 날씨도 바뀌었다. 태양이 분화구 속에 풍부한 빛을 쏟아부었다. 모든 언덕, 모든 바위, 모든 자갈, 조금이라도 튀어나온 것은 모두 제 몫의 빛을 받아 당장 땅바닥에 그림자를 던졌다. 특히 스카르타리스 봉우리의 그림자는 뿔처럼 튀어나온 채, 태양과 함께 알아차릴 수 없을 만큼 천천히 돌기 시작했다.

삼촌도 그림자와 함께 돌았다.

그림자가 가장 짧아진 한낮에 그림자는 가운데 구멍 언저리에 다가와 살며시 입을 맞추었다.

"저거다! 저거야!" 삼촌이 외쳤다. 그러고는 덧붙였다. "가자, 지구 속으로!"

오후 1시 13분이었다.

11장

지구 속으로

드디어 진짜 여행이 시작되었다. 이제까지의 여행은 어렵다기보다 피곤했지만, 앞으로는 온갖 문제가 그야말로 우리 발밑에서 터져 나올 터였다.

이제 곧 구멍 속으로 내려가야 했지만, 깊이를 알 수 없는 그 구멍 속을 나는 아직 한 번도 들여다보지 않았다. 드디어 그 순간이 온 것이다.

앞에서도 말했듯이 그 구멍은 지름이 30미터에 둘레가 약 100미터였다. 나는 구멍 위로 튀어나온 바위 너머로 고개를 내밀고 밑을 내려다보았다. 머리카락이 쭈뼛 곤두섰다. 잠깐 내려다본 것만으로도 구멍이 어떤 형태인지 알 수 있었다. 안쪽 벽은 거의 수직이었지만, 튀어나온 부분이 많으니까 내려가기가 훨씬 쉬울 터였다. 하지만 적당한 층계가 있다 해도 미끄러져 떨어지는 것을 막아 줄 난간이 없었다. 구멍 입구에 밧줄을 묶어 두면 몸을 지탱할 수는 있겠지만, 밑바닥에 도착했을 때 그 밧줄을 어떻게 풀 것인가?

이 문제를 삼촌은 아주 간단한 방법으로 해결했다. 굵기가 손가락만 하고 길이가 120미터인 밧줄 하나를 다 풀더니, 그 밧줄의 절반을 구멍 속으로 떨어뜨리고, 입구 한쪽에 튀어나온 바위에 밧줄을 감은 다음, 나머지 절반을 구멍 속으로 떨어뜨렸다. 두 가닥의 밧줄을 한데 모아서 잡고 내려가면 밧줄이 흘러내릴 염려는 전혀 없었다. 60미터 아래로 내려간 다음 밧줄 한 가닥을 놓고 나머지 한 가닥을 잡아당기면 밧줄을 쉽게 회수할 수 있다. 그다음에는 이 방법을 '끝없이' 되풀이하면 된다.

"자, 준비가 끝났으니까 짐을 어떻게 운반할지 생각해 보자. 짐을 셋으로 나누어서 각자 하나씩 짊어지는데, 한스가 연장과 식량의 3분의 1을 맡고, 악셀, 너는 식량의 3분의 1과 무기를 맡아라. 나는 나머지 식량과 깨지기 쉬운 기구를 맡을 테니까."

"하지만 옷가지와 이 밧줄과 사다리 꾸러미는 어떡하죠? 이건 누가 맡습니까?"

"그건 아무도 맡을 필요가 없어."

"왜요?"

"두고 보면 알아."

삼촌의 지시에 따라 한스는 깨지지 않는 물건을 하나의 꾸러미로 묶었다. 그러고는 밧줄로 단단히 묶은 꾸러미를 심연 속으로 그냥 떨어뜨렸다.

삼촌은 심연 너머로 고개를 내밀고 짐 꾸러미가 내려가는 것을 만족스럽게 지켜보다가, 꾸러미가 시야에서 사라진 뒤에야 몸을 일으켰다.

"좋아. 이젠 우리 차례야."

삼촌은 기구 꾸러미를 등에 짊어지고 끈으로 단단히 붙들어 맸다. 한스는 연장을 짊어졌고 나는 무기를 짊어졌다. 한스가 먼저 내려가고, 다음이 삼촌, 끝으로 내가 내려갔다. 하강은 침묵 속에서 진행되었다. 바윗돌 부스러기가 심연 속으로 떨어지는 소리만이 정적을 깨뜨렸다.

나는 한 손으로 밧줄 두 가닥을 움켜잡고 다른 손으로는 등산용 지팡이로 하강 속도를 늦추면서 물 흐르듯 자연스럽게 내려갔다. 한 가지 생각이 머릿속에 달라붙어 떠나지 않았다. 생명줄인 이 밧줄이 끊어지면 어떻게 하나 하는 걱정이었다. 이 밧줄은 세 사람의 몸무게를 지탱하기에는 너무 약해 보였다. 그래서 밧줄에 되도록 부담을 주지 않으려고, 두 발로 몸의 균형을 잡는 놀랄 만한 묘기를 부려야 했다. 발을 손처럼 이용하여 튀어나온 바위를 발로 붙잡으려고 애쓴 것이다.

그렇게 조심하면서 내려온 덕에 30분 뒤에는 동굴 내벽에 단단히 붙어 있는 커다란 너럭바위에 도착할 수 있었다.

한스가 밧줄 한 가닥을 잡아당기자 나머지 한 가닥이 공중으로 휙 올라갔다. 그 밧줄은 꼭대기에서 바위 주위를 돈 다음 다시 아래로 떨어졌다.

좁은 층계참에서 고개를 내밀고 아래를 내려다보았지만 바닥은 아직도 보이지 않았다.

밧줄 타기 묘기가 또 시작되었다. 30분 뒤에 우리는 다시 60미터 아래에 도착했다.

세 시간이 지나도 여전히 바닥은 보이지 않았다. 위를 쳐다보면 입구가 보였지만, 그것은 순식간에 작아지고 있었다. 동굴이 점점 좁아지고 있는 것 같았고, 게다가 동굴 속은 서서히 어두워지고 있었다.

우리는 아직도 계속 내려가고 있었다. 벽에서 떨어져 나온 돌멩이는 전보다 둔탁한 소리를 내면서 어둠 속에 삼켜졌다. 그렇다면 전보다 훨씬 빨리 심연 바닥에 도착하고 있음이 분명했다.

우리는 밧줄을 열네 번 사용했고, 시간은 매번 30분씩 걸렸다. 따라서 밧줄을 타는 데에만 일곱 시간이 걸렸고, 그때마다 15분씩 쉬었으니까 휴식시간 세 시간 반을 더하면 통틀어 열 시간 반이 지났다. 우리는 오후 1시에 출발했으니까 지금은 11시 30분쯤 되었을 것이다.

지금까지 내려온 거리는 60미터에 14를 곱하면 840미터다.

바로 그때 한스의 목소리가 들렸다.

"정지!"

나는 내 발이 삼촌의 머리를 밟기 직전에 간신히 멈추었다.

"도착했다." 삼촌이 말했다.

"어디에요?" 나는 삼촌 옆으로 미끄러져 내려가면서 물었다.

"수직굴 바닥에."

"그럼 다른 출구는 없나요?"

"있어. 오른쪽으로 비스듬히 뻗어 있는 통로 같은 게 보여. 내일은 저 통로를 살펴보기로 하고, 지금은 식사를 하고 잠을 좀 자 두자꾸나."

아직도 완전히 캄캄하지는 않았다. 우리는 식량 자루를 열어서 식사를 하고 드러누웠다. 나는 곧 깊은 잠 속으로 빠져들었다.

아침 8시, 한 줄기 햇살이 들어와 우리를 깨웠다. 위에서 내려온 햇살은 벽에 붙은 바위에 부딪혀 불꽃처럼 사방으로 흩뿌려졌다.

이 빛 덕분에 우리는 주위의 물체를 분간할 수 있었다.

"악셀, 기분이 어떠냐?" 삼촌이 두 손을 마주 비비면서 외쳤다. "쾨니히가의 우리 집에서 이보다 평화로운 밤을 보낸 적이 있니? 짐마차 소리도 안 들리고, 시장에서 외쳐 대는 장사꾼들 소리도 안 들리고……."

"조용하다는 건 인정하지만, 너무 조용해서 오히려 겁이 나는데요."

"벌써부터 겁이 나면 나중에는 어떡하려고 그래? 우리는 지금 지구의 내장 속으로 한 발짝도 들어가지 않았어!"

"그게 무슨 뜻이죠?"

"이제 겨우 지표면에 도착했다는 뜻이야. 스나이펠스 분화 구에서 내려온 이 수직굴은 이제야 겨우 해수면과 같은 높이에서 끝났어."

"그게 확실해요?"

"물론이지. 기압계를 봐."

기압계의 수은주는 우리가 밑으로 내려올수록 점점 올라가서 지금은 760밀리미터 높이에 멈춰 있었다.

"봤지? 기압은 아직 1기압이야. 더 깊이 내려가면 기압계 대신 압력계를 사용하게 될 거야."

공기의 무게가 해수면에서 측정한 기압보다 커지면 기압계는 쓸모가 없어질 것이다.

"하지만 기압이 계속 올라가면 불쾌해지지 않을까요?"

"그렇지 않아. 우리는 천천히 내려갈 것이고, 그러면 우리 허파는 더 압축된 공기를 빨아들이는 데 익숙해질 테니까.

기구를 타는 사람들은 최고 높이까지 올라가면 결국 공기가 부족해지지만, 우리는 반대로 공기가 너무 많아서 곤란할 수도 있어. 하지만 모자란 것보다야 많은 게 좋지."

"자, 이제 아침을 먹어야지. 긴 여행을 앞두고 있으니 만큼, 아침을 든든히 먹어야 해."

육포와 건빵을 물과 함께 목구멍으로 넘겼다.

식사가 끝나자 삼촌은 주머니에서 관찰 노트를 꺼냈다. 그러고는 다양한 기구를 차례로 점검하고, 노트에 날짜를 적어 넣었다.

6월 29일 월요일
시각: 오전 8시 17분
기압: 775밀리
기온: 6도
방위: 동남동

방위는 나침반에 표시된 어두운 통로의 방향을 가리킨 것이었다.

"악셀!" 삼촌이 열띤 음성으로 외쳤다. "우리는 이제 지구의 내장 속으로 들어가는 거야. 이제야말로 우리 여행이 본격적으로 시작되는 순간이란 말이다."

이렇게 말하면서 삼촌은 목에 걸고 있던 램프를 한 손으로

잡았다. 그리고 다른 손으로는 램프의 필라멘트에 전류를 연결했다. 그러자 밝은 빛이 동굴에서 어둠을 몰아냈다.

한스가 두 번째 램프를 들었다. 전기를 독창적으로 이용한 이 램프 덕에 우리는 인화성이 강한 기체 속에서도 오랫동안 인공 광선 속을 걸어갈 수 있었다.

"출발!" 삼촌이 외쳤다.

우리는 저마다 짐 꾸러미를 집어 들었다. 한스는 밧줄과 옷가지 꾸러미를 발로 밀면서 나아갔고, 나는 맨 뒤에서 통로로 들어섰다.

스나이펠스가 1229년에 마지막으로 분화했을 때 용암이 이 동굴을 뚫었다. 동굴 안은 번쩍이는 용암으로 두껍게 덮여 있었다. 이제 전깃불이 거기에 반사되자 용암층은 백 배나 더 밝아졌다.

맑은 유리구슬로 장식된 불투명한 석영 결정이 샹들리에처럼 둥근 천장에 매달려, 우리가 지나가면 불이 켜진 것처럼 밝게 빛났다. 지하 세계의 요정들이 지상에서 내려온 손님들을 환영하려고 자기네 궁전에 불을 밝히고 있는 것 같았다.

"야, 굉장하군!" 나는 무심코 소리쳤다. "삼촌, 정말 멋진 광경이네요! 용암 색깔이 적갈색에서 주황색으로 연달아 변하는 걸 보세요. 그리고 이 수정들은 꼭 빛을 내는 공처럼 보여요!"

"이제야 납득한 모양이구나! 그러니까 너도 감탄하고 있는 거지? 앞으로도 많은 걸 보게 될 거다. 자, 가자!"

삼촌은 '가자'가 아니라 '미끄러지자'고 말해야 했을 것이다. 이렇게 경사진 비탈에서는 구태여 몸을 움직이지 않아도 저절로 나아갈 수 있었기 때문이다. 나는 몇 번이나 나침반을 보았는데, 바늘은 정확하게 남동쪽을 가리키고 있었다.

한편, 기온은 눈에 띄게 따뜻해지고 있지는 않았다. 출발한 지 두 시간 뒤에도 온도계는 여전히 10도를 가리키고 있었다. 기온이 4도밖에 올라가지 않은 셈이다. 그래서 나는 우리의 여행이 수직 여행이라기보다 오히려 수평 여행이라고 생각하게 되었다.

저녁 8시쯤 삼촌이 정지 신호를 보냈다. 한스는 당장 바닥에 주저앉았다. 램프는 불쑥 튀어나온 바윗돌에 걸어두었다. 그곳은 일종의 동굴이었지만, 공기는 결코 부족하지 않았다. 공기가 부족하기는커녕 바람이 불어오는 것이 느껴졌다. 무엇이 바람을 일으키고 있을까? 공기가 어떻게 움직이기에 바람이 나올까? 그때는 이런 의문을 푸는 데 별로 흥미가 없었다. 배고프고 피곤해서 다른 생각은 아무것도 할 수가 없었다. 일곱 시간이나 쉬지 않고 내려오면 체력이 바닥나는 것도 당연하다. 나는 기진맥진했고, '정지'라는 말을 들었을 때는 뛸 듯이 기뻤다.

한스가 바윗돌 위에 먹을 것을 몇 가지 벌여 놓았다. 우리

는 남김없이 먹어 치웠다. 하지만 나에게는 한 가지 걱정거리가 있었다. 가져온 물을 벌써 절반이나 마셔 버린 것이다. 삼촌은 지하 샘에서 물을 조달할 계획이었지만, 지금까지는 샘을 하나도 만나지 못했다. 나는 삼촌에게 그 이야기를 하지 않을 수 없었다.

"물줄기가 없는 게 놀라우냐?"

"놀랍고 걱정이 돼요. 물이 닷새치밖에 안 남았는걸요."

"걱정 마라. 물을 반드시 찾게 될 테니까. 충분히 쓰고도 남을 만큼."

"언제요?"

"용암층을 벗어나면 물이 있을 거야. 샘이 어떻게 이 두꺼운 벽을 뚫을 수 있겠니?"

"하지만 용암류는 아주 깊은 곳까지 계속될지도 몰라요. 그리고 수직 방향으로는 아직 그렇게 깊이까지 내려온 것 같지 않아요."

"왜 그렇게 생각하지?"

"지각 속으로 깊이 내려왔다면 지금보다 훨씬 더울 테니까요."

"네 이론에 따르면 그렇지. 온도계는 몇 도냐?"

"겨우 15도예요. 출발했을 때보다 9도밖에 올라가지 않았어요."

"그래서 네 결론은 뭐지?"

"제 결론은 이렇습니다. 정밀한 관측에 따르면, 땅속으로 30미터 내려갈 때마다 온도가 1도씩 올라가는 것으로 알려져 있어요. 현지의 조건 때문에 수치가 달라질 수도 있지요. 사화산 부근에서는 편마암 때문에 38미터에 1도씩밖에 올라가지 않아요. 그러니까 우리 경우에 가장 걸맞은 가설을 채택해서 계산해 보면……."

"그래, 계산해 봐."

"그거야 어린애 장난이죠." 나는 공책에 숫자를 적으면서 말했다. "38 곱하기 9는 342."

"그런데 내 관측에 따르면 우리는 지금 해발 3,000미터 깊이에 와 있어."

"그게 정말이에요?"

삼촌의 계산은 정확했다. 이 깊이에서는 온도가 81도가 되어야 하는데, 실제로는 겨우 15도였다. 이것은 생각해 볼 문제였다.

12장

물이 없다

이튿날인 6월 30일 화요일, 아침 7시에 여행이 다시 시작되었다.

우리는 아직도 용암 동굴을 따라가고 있었다. 완만하게 기울어진 경사로를 따라 내려가다가, 정확히 12시 17분에 우리는 방금 걸음을 멈춘 한스를 따라잡았다.

"드디어 바닥에 도착했다." 삼촌이 외쳤다.

나는 주위를 둘러보았다. 그곳은 갈림목이었다. 좁고 어두운 두 갈래 길이 앞으로 뻗어 있었다. 어느 길을 택할 것이냐? 그것이 문제였다.

하지만 삼촌은 나나 한스 앞에서 망설이는 기색을 보이고 싶어 하지 않았다. 그래서 거침없이 오른쪽 길을 가리켰고,

우리 세 사람은 곧 그 길로 들어섰다.

새로 잡은 통로는 기울기가 아주 완만했고, 단면은 아주 다채로웠다. 때로는 길게 이어진 동굴이 고딕 성당의 회랑처럼 우리 앞에 펼쳐졌다. 1킬로미터쯤 나아가자 낮은 반원형 동굴이 나타났다. 바위의 일부를 이루고 있는 굵은 기둥들이 둥근 천장에 눌려 구부러져 있었다. 천장이 너무 낮아서 우리는 고개를 숙이고 지나가야 했다.

온도는 그런대로 견딜 만한 높이에 머물러 있었다. 지금은 이렇게 평화로운 이 길을 스나이펠스가 토해 낸 용암이 홍수처럼 지나갔을 때는 열기가 얼마나 지독했을까. 나는 동굴 모퉁이에 지나간 자국을 남겨 놓은 불의 강을 상상해 보았다.

저녁 6시까지 비교적 수월한 행군이 계속되었다. 하루 사이에 남쪽 방향으로 10킬로미터를 왔지만, 밑으로는 400미터밖에 내려오지 않았다.

삼촌이 정지 신호를 보냈다. 우리는 별로 말을 나누지 않고 저녁을 먹은 다음, 별로 많이 생각하지 않고 잠자리에 들었다.

잠자리 준비는 간단했다. 몸에 둘둘 감은 여행용 담요가 유일한 이부자리였다. 추위를 걱정할 필요도 없었고, 달갑잖은 손님을 두려워할 필요도 없었다. 아프리카 사막이나 신세계의 울창한 숲속으로 들어가는 여행자들은 잠을 자는 동안에도 교대로 불침번을 서야 한다. 하지만 이곳은 바깥세상과 동떨어진 외딴곳이고, 더할 나위 없이 안전했다. 야만인이나 들짐승 같은 위험한 족속을 겁낼 필요가 전혀 없었다.

아침에 우리는 상쾌한 기분으로 눈을 떴다. 새로운 활력이 솟아났다. 우리는 다시 길을 떠났다. 오늘도 어제와 마찬가지로 용암 동굴을 따라갔다. 동굴은 지구의 내장으로 내려가는 대신, 점점 기울기가 낮아지고 있었다. 이러다가 지구 표면으로 되돌아가게 되지나 않을까 하는 생각마저 들었다. 오전 10시쯤 그런 경향이 더욱 뚜렷해졌고, 그래서 몹시 피곤해졌기 때문에 나는 속도를 늦출 수밖에 없었다.

"왜 그러냐, 악셀?" 삼촌이 조바심을 내며 물었다.

"완전히 녹초가 됐어요."

"내려가기만 하면 되는데 뭐가 피곤해?"

"지금은 내려가는 게 아니라 올라가고 있는데요?"

"올라간다고?" 삼촌은 어깨를 으쓱하며 되물었다.

"그럼요. 30분 전부터 기울기가 달라졌어요. 이 길을 따라가면 틀림없이 아이슬란드 땅으로 되돌아가게 될 거예요."

삼촌은 허튼소리 말라는 투로 고개를 저었다. 나는 대화를 계속하려고 애썼지만 삼촌은 대꾸도 하지 않고 출발 신호를 보냈다. 삼촌의 침묵은 기분이 몹시 언짢은 증거라는 것을 나는 분명히 알 수 있었다.

정오에 동굴 벽의 모양이 바뀌었다. 나는 벽에 반사되는 전깃불이 희미해지는 것을 보고 그 사실을 알아차렸다. 벽을 뒤덮고 있던 용암층이 노출된 바위로 바뀌었다.

"고생대에 해저 퇴적물이 이런 편암과 석회암과 사암을 만들었지! 우리는 화강암 지층을 등지고 거기서 멀어져 가고 있어. 틀림없어!"

이런 생각은 마음속에만 담아 두고 입 밖에 내지 말았어야 했는데, 내가 지니고 있는 지질학자 기질이 조심성을 억누르고 말았다. 삼촌이 내 외침 소리를 들었다.

"이번엔 또 무슨 일이냐?"

"이것 좀 보세요!"

나는 연속되어 있는 다양한 형태의 사암과 석회암, 그리고 처음 나타난 혈암 지층을 가리키면서 대답했다.

"그래서?"

"지금 우리가 있는 곳은 최초의 식물과 동물이 나타난 시대의 지층이라고요!"

"정말로 그렇게 생각하니?"

"하지만 보세요. 잘 조사하고 관찰해 보시라고요!"

나는 삼촌에게 동굴 벽 여기저기를 램프로 비추게 했다. 그러면 삼촌도 놀라서 소리를 지를 줄 알았다. 그런데 삼촌은 한마디도 하지 않고 가던 길을 계속 걸어갔다.

삼촌이 내 말을 못 알아들었나? 아니면 삼촌이자 과학자로서의 체면 때문에 동쪽 동굴을 택한 실수를 인정하고 싶지 않은 것일까? 아니면 이 통로를 끝까지 탐험하고 싶은 것일까?

백 걸음도 가기 전에 논란의 여지가 없는 명백한 증거가 눈앞에 나타났다. 딱딱한 용암 바닥에 익숙해진 내 발바닥이 갑자기 식물과 조개껍데기 파편으로 이루어진 먼지를 밟았다. 벽에는 바닷말과 양치식물의 윤곽이 또렷이 나타나 있었다. 나는 완벽하게 보존된 껍데기 하나를 집어 들었다. 나는 빠른 걸음으로 삼촌을 따라잡아 그것을 내밀었다.

"삼촌, 이것 좀 보세요!"

그러자 삼촌은 침착하게 대답했다.

"멸종된 삼엽충 갑각류의 껍데기구나. 그것뿐이야."

"하지만 여기서 나오는 결론은……."

"어떤 결론을 내렸는데? 그래, 우리는 화강암 지층을 벗어났어. 용암이 따라간 길도 벗어났고. 내가 실수했을 가능성도 있지. 하지만 이 통로를 끝까지 가 보기 전에는 확신할 수 없어."

"우리가 위험에 빠지지만 않는다면 저도 기꺼이 삼촌의 방침을 지지할 겁니다."

"무슨 위험?"

"물이 다 떨어져 가고 있어요."

"좋아. 그럼 물을 배급하기로 하자꾸나."

물 배급은 정말로 긴요했다. 그날 저녁을 먹을 때 나는 물이 사흘치밖에 안 남은 것을 알았다. 게다가 지각 변동이 심했던 고생대 지층에서는 샘을 만날 가능성도 거의 없었다. 앞날이 캄캄했다.

이튿날은 온종일 동굴을 걸었다. 동굴이 우리 앞에 끝없이 이어져 있었다. 우리는 거의 한마디도 하지 않고 묵묵히 걸음만 옮겼다. 한스의 침묵이 우리한테까지 전염된 꼴이었다.

램프 불빛은 벽면의 편암과 석회암과 사암에 반사하여 아름다운 불꽃을 냈다. 훌륭한 대리석 표본이 벽을 뒤덮고 있었다. 곳곳에 하얀 줄무늬가 떠오른 회색 줄마노도 있었고, 빨간 반점이 박힌 진홍색이나 주황색 대리석도 있었다. 계속 앞으로 나아가자 짙은 색깔의 얼룩무늬 대리석이 나타났다. 그 속에 섞여 있는 석회암이 대리석의 화려한 색깔을 더욱 돋보이게 해 주었다.

삼촌은 두 가지 가능성 가운데 하나를 기대하고 있었다. 하나는 수직굴이 나타나 다시 아래로 내려갈 수 있게 되는 것, 또 하나는 장애물에 부닥쳐 더 이상 앞으로 나아갈 수 없게 되는 것. 그러나 저녁이 되어도 삼촌이 기대하는 바는 어느 것도 일어나지 않았다.

밤부터 나는 갈증에 시달리기 시작했다. 그렇게 괴로운 하룻밤을 보내고, 금요일 아침에 우리는 다시 동굴의 미로 속으로 뛰어들었다.

열 시간을 행군한 뒤, 나는 동굴 벽에 반사되는 램프 불빛이 상당히 희미해지고 있음을 알아차렸다. 지금까지 동굴 벽을 이루고 있던 대리석, 편암, 석회암, 사암이 어떤 불빛도 반사하지 않는 검은 빛깔의 물질에 자리를 내주고 있었다. 유난히 좁은 곳을 통과할 때 나는 왼쪽 벽을 손으로 짚어 보았다.

그런 뒤 손을 떼어 보니 손이 온통 새까맸다. 나는 손바닥을 좀 더 자세히 들여다보았다. 그것은 석탄이었다. 우리는 석탄층에 들어와 있었던 것이다.

"탄광이다!" 나는 소리를 질렀다.

"광부가 없는 탄광이야." 삼촌이 맞받았다. "그리고 석탄층을 지나고 있는 이 동굴은 인간이 만든 게 아니야. 하지만 자연의 조화든 아니든, 그런 것은 아무래도 좋아. 저녁 먹을 시간이니까 밥이나 먹자꾸나."

한스가 음식을 준비했다. 나는 거의 아무것도 먹지 못하고 나한테 배급된 물을 몇 방울 마셨을 뿐이다. 우리 세 사람에게 남은 물은 한스의 물병에 반쯤 들어 있는 것뿐이었다.

우리는 토요일 아침 6시에 다시 출발했다. 20분 뒤에 우리는 거대한 구덩이에 도착했다. 이 탄갱을 판 것은 결코 사람일 리가 없다는 것을 알아차렸다. 사람이 팠다면 갱목을 세워서 천장을 떠받쳤을 것이다. 그런데 이곳의 천장은 문자그대로 기적적인 균형에만 의지하고 있었다.

탄갱 탐험은 저녁때까지 계속되었다. 길이 계속 수평을 유지하자 삼촌은 초조감을 억누르지 못했다. 스무 걸음 앞도 보이지 않을 만큼 어두워서, 동굴이 어디까지 이어져 있는지 어림하기도 어려웠다. 이 동굴은 끝없이 이어져 있는 게 분명하다는 생각이 들기 시작했다. 그런데 오후 6시에 느닷없이 벽이 앞을 가로막았다. 왼쪽에도 오른쪽에도, 위에도 아래에도 빠져나갈 길은 전혀 없었다. 막장 끝에 도달한 것이다.

"오히려 잘됐어." 삼촌이 소리쳤다. "적어도 뭐가 잘못됐는지는 알 수 있으니까. 이건 사크누셈이 택했던 길이 아니야. 왔던 길을 되짚어가는 수밖에 없겠어. 여기서 하룻밤 쉬기로 하자. 사흘 뒤에는 동굴이 둘로 갈라진 지점으로 돌아갈 수 있을 거야."

"우리한테 힘이 남아 있다면 그렇겠죠."

"힘이 왜 없는데?"

"내일이면 물이 바닥날 테니까요!"

"그리고 용기도 바닥나겠지?" 삼촌은 엄격한 눈으로 나를 노려보면서 물었다.

나는 굳이 대답하지 않았다.

13장

갈증

이튿날 우리는 아주 일찍 출발했다. 서둘러야 했기 때문이다. 갈림목에서 여기까지 오는 데 닷새가 걸렸다.

갈림목으로 되돌아가는 동안 겪은 고통에 대해서는 자세히 말하지 않겠다. 삼촌은 기력이 점점 떨어지는 것을 느끼고 분통을 터뜨렸다. 그리고 그 분노로 고통을 견뎌냈다. 평화로운 성격을 타고난 한스는 운명을 감수하는 태도로 고통을 견뎌냈다. 나는 불평과 절망으로 고통을 견뎌냈다.

예상했던 대로 하루 만에 물이 바닥났다. 열기 때문에 숨이 더욱 막혔다. 너무 지쳐서 꼼짝할 수가 없었다. 현기증이 나서 쓰러질 뻔한 적이 한두 번이 아니었다. 그럴 때마다 나는 멈추라고 소리쳤고, 그러면 삼촌이나 한스는 내 기운을

북돋워 주려고 애썼다. 하지만 삼촌도 이미 극심한 피로와 탈수증에 시달리고 있다는 것을 알 수 있었다.

7월 7일 화요일, 마침내 우리는 기진맥진한 채 엉금엉금 기어서 갈림목에 도착했다. 나는 생명이 없는 살덩어리처럼 용암 바닥에 길게 뻗어 버렸다. 아침 10시였다.

한스와 삼촌은 벽에 기대앉아 건빵을 먹으려고 애썼다. 부르튼 내 입술에서 긴 신음 소리가 새어 나왔다. 이어서 나는 깊은 혼수상태로 빠져들었다.

얼마나 시간이 지났을까. 삼촌이 다가와서 두 팔로 나를 안아 올렸다.

"가엾은 녀석!" 삼촌이 중얼거렸다. 진정으로 나를 가엾게 여기는 말투였다.

나는 완고하고 엄격한 삼촌의 그런 다정한 태도에 익숙지 않았기 때문에, 이 말에 가슴이 뭉클하여 삼촌의 떨리는 손을 움켜잡았다. 삼촌은 나한테 손을 내맡긴 채 가만히 나를 바라보았다. 삼촌의 눈은 촉촉이 젖어 있었다.

그때 나는 삼촌이 옆구리에 차고 있던 물병을 잡는 것을 보았다. 놀랍게도 삼촌은 그 물병을 내 입술에 대 주었다.

"자, 마시렴."

그러고는 물병을 기울여, 그 안에 들어 있는 물을 내 입속에 부어 넣었다.

아아, 그 황홀감이란! 입안을 가득 채운 물 한 모금이 입술과 혀를 적셨다. 딱 한 모금뿐이었지만, 내게서 살금살금 빠져나가고 있던 생기를 다시금 불러오기에는 충분했다.

나는 두 손을 모아 삼촌에게 감사했다.

"그래, 한 모금. 마지막 한 모금이야. 알겠니? 마지막 한 모금! 내 물병 바닥에 마지막 한 모금을 남겨 두었지. 마시고 싶은 간절한 욕망을 수십 번, 아니 수백 번이나 물리치면서. 그 물은 절대 마실 수 없었어. 너를 위해 남겨 둔 물이니까."

"삼촌!" 나는 목멘 소리로 속삭였다. 두 눈에 눈물이 가득 고였다.

갈증은 거의 가시지 않았지만, 그래도 나는 얼마간 기력을 되찾을 수 있었다. 위축되었던 목 근육이 느슨해지고, 부르튼 입술도 가라앉아 다시 말을 할 수 있게 되었다.

"이제 우리가 택해야 할 길은 하나뿐이에요. 물도 다 떨어졌으니까 땅 위로 돌아가야 해요."

내가 말하는 동안 삼촌은 나를 외면했다. 고개를 숙인 채 나와 눈길이 마주치는 것을 피하고 있었다.

"스나이펠스로 돌아가야 해요."

"돌아간다고?" 삼촌이 말했다. 나보다 삼촌 자신에게 되묻는 것처럼 들렸다.

"예. 잠시도 시간을 낭비하지 말고 서둘러 돌아가는 겁니다."

긴 침묵이 흘렀다.

이윽고 삼촌이 묘한 말투로 입을 열었다.

"몇 방울이나마 그 물이 너에게 힘과 용기를 돌려줄 줄 알았는데, 그게 다 부질없는 기대였구나!"

"그럼 우리는 죽을 준비를 해야 하나요?"

"그렇지 않아! 원한다면 돌아가도 좋다. 나도 네가 죽는 건 바라지 않아! 한스도 너랑 함께 갈 거야. 나 혼자 남겨 놓고 어서 가!"

"삼촌 혼자……?"

"어서 떠나라니까! 나는 이 여행을 시작했으니까 끝장도 보고 말 거야. 그러기 전에는 돌아가지 않아. 절대로! 어서 가, 악셀. 어서!"

삼촌은 몹시 흥분해 있었다. 잠시 부드러워졌던 목소리도 엄격한 음성으로 변했다. 삼촌은 불가능한 일에 필사적으로 맞서 싸우고 있었다. 나는 이 깊은 동굴 바닥에 삼촌을 혼자 남겨 두고 싶지 않았다. 하지만 다른 관점에서는 자위본능이 고개를 쳐들고 나더러 어서 달아나라고 부추겼다.

이 장면을 한스는 여느 때처럼 무심히 지켜보고만 있었다. 하지만 우리 사이에 무슨 일이 일어나고 있는지는 알아차렸다. 몸짓만으로도 우리가 서로 다른 방향을 고집하고 있다는 것을 알 수 있었다.

한스에게 말할 수만 있다면, 합리적인 이유와 진지한 말투로 그를 설득하여 내 편으로 끌어들일 수 있을 텐데. 그런 다음 둘이서 삼촌을 설득하거나 강제로 끌고서라도 스나이펠스산으로 돌아갈 수 있을 텐데.

나는 한스에게 다가가서 그의 손을 잡았다. 한스는 꼼짝도 하지 않았다. 나는 분화구로 올라가는 길을 가리켰다. 한스는 여전히 꼼짝도 하지 않았다. 헐떡거리는 내 얼굴에는 내 고통이 고스란히 드러나 있었다. 한스는 조용히 고개를 젓고는 차분하게 삼촌을 가리켰다.

"마스테르." 한스가 아이슬란드어로 말했다.

"주인님? 아니야. 삼촌은 당신을 고용했지만, 당신 목숨의 주인은 아니야! 우리는 달아나야 해. 삼촌을 끌고 가야 해! 알겠어? 알아들었냐고?"

나는 한스의 팔을 붙잡고 일으켜 세우려고 했다. 내가 한스와 씨름하고 있을 때 삼촌이 끼어들었다.

"악셀, 진정해라. 네가 무슨 짓을 해도 이 충직한 한스는 끄떡하지 않아. 그러니까 내 말을 들어 봐."

나는 팔짱을 끼고 삼촌을 똑바로 쳐다보았다.

"네가 꼼짝 않고 누워 있는 동안 나는 서쪽 동굴의 상태를 조사해 봤어. 서쪽 동굴은 지구의 내장으로 곧장 통해 있으니까 두어 시간이면 화강암층에 도달할 수 있을 거야. 거기까지만 가면 얼마든지 샘을 만날 수 있어. 암석의 성질로 보아도 그렇고, 직관과 논리도 내 확신을 뒷받침하고 있어. 그래서 제의하겠는데, 하루만 더 참아 다오. 콜럼버스가 사흘

만 더 가면 육지에 도착할 수 있다고 말했을 때 선원들은 병들고 공포에 질려 있었지만 그 요구를 받아들였고, 그래서 콜럼버스는 결국 신세계를 발견할 수 있었어. 그래서 나도 너한테 하루만 더 참아 달라고 부탁한다. 하루가 지나도 물을 만나지 못하면 두말 않고 땅 위로 돌아가마."

나는 초조했지만, 삼촌이 권위와 체면을 내던지고 조카인 나한테 그처럼 간절히 부탁하는 데 감동했다.

"좋아요! 삼촌이 하고픈 대로 하세요. 시간이 얼마 남지 않았으니까, 운을 시험하려면 서둘러야 해요. 어서 가요, 삼촌!"

우리는 다시 출발하여, 이번에는 다른 동굴로 들어갔다. 여느 때처럼 한스가 앞장섰다. 백 걸음도 가기 전에 삼촌이 벽을 램프로 비추면서 소리쳤다.

"이건 원생대 지층이야. 옳거니! 제대로 들어왔어. 자, 어서 가자!"

태초에 지구가 서서히 식으면서 부피가 줄어들자 지각이 터지고 깨지고 오그라들고 갈라졌다. 우리가 지금 들어와 있는 통로는 그런 종류의 균열이었다. 이 틈새를 통해 액체 상태의 화강암이 밖으로 쏟아져 나간 것이다. 액체 상태의 화강암이 뚫고 지나간 수천 개의 통로는 원시의 땅속에 믿기 어려운 미로를 만들어 놓았다.

아래로 내려갈수록 원생대 지층을 이루는 암석층이 점점

분명해졌다. 원생대 지층은 세 개의 층으로 나누어져 있는데, 화강암이라고 부르는 암석층 위에 편암과 편마암과 운모편암이 층층이 놓여 있다는 것이다.

아름다운 초록빛을 띤 편암층에는 구리와 망간 같은 금속 광맥이 구불구불 이어져 있고, 백금과 금이 섞여 있는 흔적도 보였다. 지구의 내장 속에 감추어져 있는 보물, 탐욕스러운 인간이 결코 누리지 못할 그 보물을 보았을 때 나는 꿈이라도 꾸는 듯이 황홀해졌다. 태초의 지각 변동이 그 보물을 지하에 너무 깊이 파묻어 버린 탓에, 곡괭이나 드릴로는 그것을 결코 파내지 못할 것이다.

편암층을 지나자, 그 밑에는 뚜렷한 편마암층이 나타났다. 그다음에는 반짝이는 백운모 때문에 더욱 눈에 띄는 운모편암이 거대한 박층으로 배열되어 있었다.

램프에서 나오는 불빛이 바윗덩어리의 작은 절단면에 반사되어, 섬광이 사방으로 격렬하게 튀었다. 나는 빛을 수천 개의 눈부신 빛살로 분해하여 방출하는 다이아몬드 속을 거닐고 있는 듯한 기분이 들었다.

저녁 8시였다. 물은 여전히 한 방울도 없었다. 나는 몹시 괴로웠다. 삼촌은 계속 앞으로 나아갔다. 잠시도 멈추려 하지 않았다. 삼촌은 연신 고개를 좌우로 돌리며 샘물이 내는 소리를 들으려고 했지만, 아무 소리도 들리지 않았다.

그러는 동안 내 다리는 더 이상 몸뚱이를 운반하기를 거부

했다. 그래도 나는 고통을 참았다. 마침내 내 몸에서 마지막 남은 기력이 빠져나갔다. 나는 비명을 지르며 쓰러졌다.

"도와주세요! 죽을 것만 같아요!"

삼촌이 돌아왔다. 팔짱을 낀 채 나를 한참 내려다보던 삼촌의 입에서 납덩이처럼 무거운 한마디가 새어 나왔다.

"다 끝났어!"

무시무시한 분노의 몸짓이 마지막으로 내 눈에 비쳤다. 나는 눈을 감아 버렸다.

몇 시간이 지났다. 우리 주위에는 깊은 적막이 깔려 있었다. 무덤 속의 적막! 우리를 둘러싸고 있는 이 벽의 두께는 적어도 8킬로미터였다. 어떤 소리도 이 벽을 뚫을 수 없었다.

그런데도 나는 정신이 오락가락하는 가운데 무슨 소리가 들리는 듯한 느낌을 받았다. 동굴 속은 캄캄했다. 나는 좀 더 주의 깊게 사방을 둘러보았다. 한스가 램프를 들고 슬그머니 빠져나가는 모습이 언뜻 보이는 것 같았다.

한스가 왜 떠나는 걸까? 우리를 운명에 맡기고 혼자 달아날 작정인가?

삼촌은 잠들어 있었다. 나는 소리를 지르려고 했지만, 입술이 바싹 말라서 목소리가 나오지 않았다.

"한스가 떠나고 있어요! 한스, 한스!"

이 말을 나는 마음속으로 외쳤지만, 말은 목구멍에 걸려 밖으로 나오지 못했다.

하지만 공포에 사로잡혔던 순간이 지나가자, 지금까지 나무랄 데 없는 행동을 보여 준 사람을 의심한 것이 부끄러워졌다. 한스는 절대 달아날 리가 없었다. 한스는 동굴을 올라가는 대신 내려가고 있었다. 우리를 내버려 둔 채 달아날 작정이었다면 아래쪽이 아니라 위쪽으로 갔을 것이다. 한스가 휴식을 마다하고 떠난 이유는 한 가지밖에 있을 수 없었다. 무언가를 찾으러 간 것이다. 밤의 정적 속에서 내가 듣지 못한 작은 소리라도 들은 것일까?

14장

한스천

마침내 깊은 동굴 속에서 발소리가 들렸다. 내려갔던 한스가 다시 올라오고 있었다. 희미한 빛이 암벽을 따라 비쳐 들더니, 통로 입구에서 빛이 흘러나왔다. 이어서 한스가 나타났다.

한스는 삼촌에게 다가갔다. 그러고는 삼촌의 어깨를 가볍게 흔들어 깨웠다. 삼촌이 일어나 앉았다.

"무슨 일인가?"

"바텐." 한스가 대답했다.

끔찍한 고통 속에 있을 때 사람은 누구나 미지의 언어를 이해하는 영감을 얻게 되는 모양이다. 나는 덴마크어를 한마디도 몰랐지만, 한스의 말을 본능적으로 알아들었다.

"물! 물!" 나는 손뼉을 치면서 소리쳤다.

그러고는 한스의 두 손을 부여잡았다.

떠날 준비는 순식간에 끝났다. 우리는 한 시간 만에 2킬로미터를 걸었고, 약 600미터를 내려왔다.

그 순간 내 귀는 암벽을 따라 들려오는 유별난 소리를 분명히 포착했다. 멀리서 울리는 우렛소리처럼 낮게 우르릉거리는 소리였다. 하지만 30분을 더 가도 샘이 나타나지 않자 나는 또다시 불안에 사로잡혔다. 그때 삼촌이 그 소리가 어디서 나고 있는지를 말해 주었다.

"한스는 틀리지 않았어. 저 소리는 분명히 물 흐르는 소리야."

"물이 흘러요?"

"의심할 여지가 없어. 우리 주위에 지하수가 흐르고 있는 거야!"

우리는 희망에 기운을 얻어 걸음을 재촉했다. 나는 피로도 잊어버렸다. 물 흐르는 소리만 들어도 벌써 기분이 상쾌해지고 기운이 났다. 물소리는 이제 알아차릴 수 있을 만큼 커지고 있었다. 그렇게 오랫동안 멀리 있었던 물이 이제 왼쪽 암벽 뒤에서 철썩거리며 흐르고 있었다.

다시 30분이 지났다. 그동안 우리는 다시 2킬로미터를 걸었다.

한스가 밤중에 모습을 감춘 동안 더 멀리까지 탐색을 계속

할 수 없었던 게 이제 분명했다. 그는 수맥을 찾아내는 산사람 특유의 본능에 이끌려 바위 저편에 흐르는 물의 존재를 '느꼈을' 뿐, 그 액체를 실제로 본 것도 아니고 그것으로 목을 축인 것도 아니었다.

우리는 돌아섰다. 한스가 물과 가장 가깝게 느껴지는 지점에서 걸음을 멈추었다.

나는 암벽 옆에 털썩 주저앉았다. 물은 겨우 60센티미터 떨어진 곳을 세차게 흐르고 있었지만, 물과 우리 사이에는 암벽이 가로막고 있었다.

한스가 나를 바라보았다. 그의 입술에 미소가 어리는 것을 언뜻 보았다.

한스가 일어나서 램프를 집어 들었다. 나도 뒤따라 일어났다. 한스는 암벽으로 다가가더니, 바위에 귀를 대고 천천히 움직이며 주의를 집중했다. 한스는 물소리가 가장 크게 들리는 정확한 지점을 찾고 있었다. 그리고 왼쪽 벽에서 그 지점을 찾아냈다. 바닥에서 1미터쯤 떨어진 곳이었다.

한스가 어떻게 할 작정인지는 짐작도 가지 않았다. 하지만 한스가 곡괭이를 들어 올리는 것을 보고는 박수를 칠 수밖에 없었다.

"우아, 살았다!"

"그래." 삼촌도 몹시 기뻐했다. "한스가 옳아. 정말 훌륭한 사냥꾼이야! 우리라면 생각도 못했을 텐데!"

나도 동감이었다. 생각해 보면 아주 간단한 해결책이지만, 우리 마음속에는 결코 떠오르지 않았을 것이다. 지구의 뼈대를 곡괭이로 내리치다니! 세상에 그처럼 위험한 일은 없을 터였다. 천장이 무너져 그 밑에 깔리기라도 하면 어떻게 하지? 곡괭이로 내리친 바위가 부서져 그 틈새로 물이 홍수처럼 쏟아지면 어떻게 하지? 이런 두려움은 결코 비현실적인 것이 아니었다.

한스가 일에 착수했다. 삼촌이나 내가 했다면, 곡괭이를 너무 급하게 휘둘러서 바위가 온통 부서지고 말았을 것이다. 하지만 한스는 침착하고 신중한 사람이었다. 그는 바위를 가볍게 여러 번 때려 조금씩 깎아 냈다. 마침내 암벽에 너비 15센티미터쯤 되는 틈새가 생겼다. 물소리가 한결 커졌다.

곡괭이는 암벽 안으로 60센티미터를 뚫고 들어갔다. 작업은 한 시간도 넘게 계속되었다. 나는 초조한 나머지 몸을 비비 꼬았다. 삼촌이 참다못해 곡괭이를 집어 들었다. 바로 그때 갑자기 휘파람 부는 듯한 소리가 들렸다. 세찬 물줄기가 바위틈에서 뿜어져 나와 맞은편 벽을 때렸다.

물줄기에 맞아 하마터면 나가떨어질 뻔한 한스는 고통을 참지 못해 비명을 질렀다. 나도 세찬 물줄기에 손을 찔러 넣는 순간, 한스가 왜 비명을 질렀는지 알아차렸다. 물이 펄펄 끓고 있었던 것이다.

"끓는 물이에요!" 나는 소리쳤다.

"금방 식을 거야." 삼촌이 말했다.

통로는 수증기로 가득 찼다. 바닥에는 개울이 생겨, 지하의 미로 속으로 흘러갔다. 곧이어 우리는 물을 마시고 있었다.

아아, 그 황홀감! 그 형언할 수 없는 만족감! 그 물이 어떤 물인지, 어디서 왔는지는 아무래도 좋았다. 어쨌거나 그것은 물이었고, 아직 뜨겁기는 했지만 우리 심장에서 빠져나가고 있던 생명력을 되돌려 주었다. 나는 물맛도 보지 않고 계속 물을 마셨다.

내가 소리를 지른 것은 기쁨의 순간이 지난 뒤였다.

"그런데 물에서 쇠맛이 나요!"

"당연하지. 8,000미터 지하를 흐르는 물이니까. 맛은 없지만 우리한테는 생명수야! 그래서 제안하겠는데, 우리를 구해 준 사람의 이름을 따서 이 시내를 부르는 게 어때?"

"좋습니다."

즉석에서 '한스천(川)'이라는 이름이 정해졌다.

그런데도 한스는 별로 자랑스러워하지 않았다. 그는 여느 때처럼 침착하게 구석에 물러나 앉아 있었다.

"물을 낭비하면 안 돼요." 내가 말했다. "물병과 물통을 채우고, 저 구멍을 막읍시다."

"아니, 물이 흐르게 내버려 두는 편이 나아. 물은 자연스럽게 아래로 흐르면서 길을 안내해 줄 거야. 우리는 도중에 물도 마실 수 있고 길 안내도 받을 수 있으니까 더욱 좋잖아."

"그거 참 좋은 생각이네요! 이 시냇물이 길동무가 되어 준다면 우리 계획이 성공 못할 이유는 전혀 없어요!"

"이제야 납득했구나." 삼촌이 껄껄 웃으면서 말했다.

"납득한 정도가 아니에요. 전 벌써 떠날 준비가 됐다고요."

"그렇게 서두를 거 없다! 우선 몇 시간 쉬자꾸나."

나는 지금이 밤이라는 것을 까맣게 잊고 있었다. 시계가 그 사실을 확인해 주었다. 우리는 배불리 먹고 마신 다음, 깊은 잠 속으로 빠져들었다.

이튿날 우리는 벌써 지난 며칠 동안 겪었던 어려움을 까맣게 잊어버렸다.

우리는 아침을 먹고 몸에 좋은 광천수를 배불리 마셨다. 나는 다시 태어난 기분을 느끼며, 아무리 먼 길도 기꺼이 가겠다고 마음먹었다.

"자, 어서 갑시다!"

나는 소리쳤다. 열의에 찬 외침 소리는 태곳적부터 잠들어 있던 지구 속의 메아리를 흔들어 깨웠다.

목요일 아침 8시에 우리는 다시 출발했다. 꼬불꼬불 이어진 화강암 통로는 예상치 못한 곳에서 구부러지며 미로처럼 복잡한 양상을 띠었다. 하지만 전체적으로 보면 통로의 방향은 여전히 남동쪽을 향하고 있었다.

통로는 거의 수평으로 뻗어 있었다. 가장 가파른 곳도 기울기가 기껏해야 2미터에 5센티미터씩 내려갈 뿐이었다. 물줄기는 졸졸거리며 서두르지 않고 따라왔다.

이튿날까지 우리는, 수평으로는 상당히 먼 거리를 갔지만 수직으로는 거의 내려가지 못했다.

7월 10일 금요일 저녁, 어림한 바에 따르면 우리는 레이캬비크에서 남동쪽으로 약 100킬로미터, 지표면에서 약 10킬로미터 깊이에 도달했다.

바로 그때 우리 발밑에 무시무시한 수직굴이 나타났다. 비탈의 기울기를 계산해 본 삼촌은 기쁨을 참지 못하고 손뼉을 쳤다.

"아주 깊은 데까지 내려갈 수 있겠어. 게다가 곳곳에 너럭바위가 층계처럼 튀어나와 있어서 아주 쉽게 내려갈 수 있을 거야."

한스는 사고에 대비하여 밧줄을 고정시켰다. 하강이 시작되었다. 수직굴은 암괴에 생긴, 이른바 '단층'이라고 부르는 좁은 틈새였다. 우리는 천연의 나선 층계를 내려가고 있었다.

우리는 15분마다 멈춰서 지친 무릎을 달래야 했다. 쉴 때마다 우리는 튀어나온 바위 위에 걸터앉아 다리를 바위 너머로 늘어뜨리고는, 음식을 먹으면서 잡담을 나누거나 시냇물을 마셨다.

7월 11일과 12일에 우리는 단층의 나선 층계를 따라 지각 속으로 8킬로미터를 더 들어갔다. 해수면에서 20킬로미터 깊이까지 내려온 셈이다. 하지만 7월 13일 정오 무렵에는 단층의 기울기가 약 45도로 훨씬 완만해졌다. 방향은 여전히 남동쪽을 향하고 있었다.

7월 15일 수요일, 우리는 마침내 지하 27킬로미터 지점에 이르렀다. 스나이펠스에서는 200킬로미터 가까이 떨어진 지점이었다. 좀 피곤했지만 건강은 모두 안심할 수 있는 상태였다. 휴대용 구급상자는 아직 뚜껑도 열지 않았다.

삼촌은 한 시간 간격으로 나침반과 크로노미터, 압력계와 온도계를 확인하여 수치를 기록했다. 삼촌이 나중에 여행 보고서를 작성할 때 이용한 것이 바로 이 수치다. 삼촌은 이런 방법으로 우리의 현재 위치를 쉽게 짐작할 수 있었다. 우리가 수평 거리로 200킬로미터 가까이 왔다는 삼촌의 말을 듣고 나는 깜짝 놀라서 소리를 지르지 않을 수 없었다.

"왜 그러냐?" 삼촌이 물었다.

"삼촌의 계산이 정확하다면, 여기는 아이슬란드 밑이 아니라는 얘기잖아요."

나는 지도에 컴퍼스를 대고 거리를 재어 보았다.

"제 생각이 맞았어요. 우리는 방금 디르홀레이(아이슬란드의 최남단 곶)를 지났어요. 남동쪽으로 200킬로미터를 내려왔다면 우리는 지금 바다 밑에 있는 거예요. 그러니까 우리 위에는 망망대해가 펼쳐져 있는 거라고요."

삼촌은 이 상황을 통상적인 것으로 생각할지 모르지만, 나는 엄청난 무게의 물 밑을 걷고 있다고 생각하면 한시도 걱정을 떨쳐 버릴 수가 없을 것 같았다. 하지만 우리 위에 떠 있는 것이 아이슬란드의 평야와 산이든 대서양의 바닷물이든, 무슨 차이가 있단 말인가. 화강암 뼈대가 단단하기만 하다면 그런 것은 중요하지 않았다.

나흘 뒤인 7월 18일 토요일 저녁, 우리는 상당히 큰 동굴에 도착했다. 삼촌은 한스에게 일주일 치 급료를 주었다. 그리고 이튿날은 하루 푹 쉬기로 했다.

따라서 일요일 아침에 눈을 떴을 때, 나는 당장 길을 떠나야 한다는 생각에 쫓길 필요가 없었다.

아침을 먹은 뒤 삼촌은 그동안 적어 둔 기록을 정리하고 싶어 했다. 그래서 나도 온종일 느긋하게 지낼 수 있었다.

15장

실종

다음 날 다시 길을 떠났을 때는 전보다 가파른 비탈이 이어졌고, 깎아지른 수직굴까지 드문드문 나타났기 때문에, 우리는 지구 속으로 훨씬 깊이 들어갔다. 어떤 날은 지구의 중심을 향해 6킬로미터 내지 8킬로미터를 내려가기도 했다. 위험한 구간에서는 한스의 노련한 기술과 침착한 태도가 큰 도움이 되었다. 충직하고 헌신적인 한스 덕분에 위기를 넘긴 적이 한두 번이 아니었다. 그가 없었다면 우리는 살아남지 못했을 것이다.

8월 7일, 우리는 120킬로미터 깊이까지 내려갔다. 그날 동굴의 기울기는 비교적 완만했다. 내가 앞장서서 걷고 있었다. 삼촌은 램프를 들었고, 나도 램프 하나를 들었다. 나는 화강암층을 조사하고 있었다.

그런데 문득 뒤를 돌아보니 삼촌과 한스가 보이지 않았다.

'내가 너무 빨리 걸었거나, 아니면 한스와 삼촌이 도중에 멈춰 선 모양이군. 다시 합류하는 게 좋겠어. 길이 별로 가파르지 않아서 다행이야.'

나는 이렇게 생각하고 온 길을 되짚어갔다. 15분쯤 걷고 나서 주위를 살펴보았지만 아무도 없었다. 나는 소리를 질렀다. 대답이 없었다.

나는 불안해지기 시작했다. 온몸이 오싹했다.

'침착하자. 틀림없이 삼촌과 한스를 찾을 수 있을 거야. 길은 이것 하나뿐이야. 내가 맨 앞에 있었으니까, 돌아가면 돼.'

나는 30분쯤 길을 따라 올라갔다. 나를 부르는 소리가 들리지 않나 하고 열심히 귀를 기울였지만, 거대한 동굴은 야릇한 적막에 뒤덮여 있었다.

'길은 하나뿐이고, 삼촌과 한스는 이 길을 따라오고 있었어. 그러니 이 길을 따라 올라가기만 하면 다시 만날 수 있을 거야.'

그때 불현듯 의심이 나를 사로잡았다. 내가 정말로 앞장서 있었나? 한스가 내 뒤를 따라오고 있었던 것은 분명하고, 또 한스는 삼촌보다 앞에 있었다. 한스는 어깨에 멘 가방을 추스르려고 몇 초 동안 멈춰 서기까지 했다. 세세한 상황이 다시 머리에 떠올랐다. 내가 일행과 떨어진 것은 한스가 멈춰

선 바로 그 순간이었던 것이 분명하다.

'어쨌든 나는 길을 잃지 않을 확실한 방법이 있어. 내가 이 미로를 빠져나갈 수 있도록 안내해 줄 실이 있어. 절대 끊어질 리가 없는 실이. 바로 저 시냇물이야. 저 물줄기를 따라 되돌아가기만 하면 삼촌과 한스의 흔적을 다시 찾을 수 있을 거야.'

이렇게 생각하자 기운이 났다.

나는 얼마나 운이 좋은가. 암벽에 생긴 틈새를 막으려 했을 때 그것을 말린 삼촌은 선견지명이 있었다. 도중에 우리의 갈증을 달래 준 시냇물, 우리에게 건강과 활력을 준 생명수가 이제는 지하의 미로 속에서 이런 식으로 나를 안내해 줄 터였다.

나는 다시 출발하기 전에 세수를 하는 것도 좋겠다고 생각했다. 그래서 '한스천'에 얼굴을 적시려고 허리를 구부렸다.

세상에 이럴 수가! 내 발밑에 있는 것은 메마르고 울퉁불퉁한 화강암이었다. 시냇물은 더 이상 내 발밑을 흐르고 있지 않았다!

그때의 절망감을 어떻게 표현할 수 있을까. 인간이 사용하는 어떤 말도 그때의 내 기분을 제대로 표현해 주지는 못할 것이다. 나는 깊은 땅속에 생매장되어 굶주림과 목마름의 고통 속에서 죽어 갈 것이다.

나는 멍하니 손으로 바닥을 쓸어 보았다. 손이 타는 것처럼 뜨거웠다. 이 바위는 바싹 말라 있었다!

그런데 내가 어떻게 시냇물을 떠날 수 있었을까? 그것은 시냇물이 거기에 없었기 때문이다. 나를 부르는 소리가 들리지 않나 하고 마지막으로 귀를 기울였을 때 동굴 안이 그처럼 야릇한 적막에 싸여 있었던 이유도 이제야 겨우 깨달았다. 잘못된 길로 처음 들어섰을 때 나는 시냇물이 없다는 사실을 전혀 알아차리지 못했던 것이다. 그 순간 내 앞에 갈림길이 나타난 게 분명하다. '한스천'은 변덕이 나서 다른 비탈을 따라갔고, 내 일행들과 함께 미지의 깊은 구렁 쪽으로 가 버린 것이다.

어떻게 하면 내가 왔던 길을 되돌아갈 수 있을까? 발자국은 전혀 없었다. 내 발은 화강암에 아무런 흔적도 남기지 않았다. 나는 이 난감한 문제의 해결책을 찾으려고 머리를 쥐어짰다. 내 처지는 한마디로 이렇게 요약할 수 있었다. 파멸!

"아아, 삼촌." 나는 절망에 빠져 부르짖었다.

그것은 내 입에서 나온 유일한 원망의 말이었다. 삼촌도 지금쯤 나를 찾느라 고생하고 있으리라는 것을 알았기 때문이다.

이제는 하늘에 도움을 청할 수밖에 없다고 생각했다. 어린 시절의 추억, 뽀뽀해 줄 때의 모습밖에 생각나지 않는 어머니가 기억에 되살아났다. 다급해졌을 때에야 뒤늦게 하느님을 찾았으니 그분의 응답을 들을 권리는 없지만, 그래도 나는 하느님께 매달려 보기로 작정하고 열심히 기도했다.

나한테는 그래도 식량이 사흘 치나 남아 있고, 물병도 가득 차 있다. 하지만 언제까지나 여기 혼자 남아 있을 수는 없는 노릇이다. 우선은 시냇물과 헤어진 그 운명의 갈림목으로 돌아가야 한다. 일단 시냇물을 만나기만 하면, 스나이펠스로 돌아갈 가능성은 아직 남아 있었다.

나는 일어나서 지팡이에 의지하여 동굴을 다시 올라갔다. 비탈은 아주 가팔랐다.

30분 동안은 어떤 장애물도 나를 가로막지 않았다. 나는 동굴의 형태와 암석의 모양, 균열의 상태를 보고, 내가 왔던 길인지 어떤지 알아내려고 애썼다. 하지만 뚜렷한 특징은 하나도 찾지 못했다. 이 길을 따라가도 갈림목으로 돌아갈 수는 없다는 것을 인정할 수밖에 없었다. 그곳은 막다른 길이었다.

그 순간 나를 사로잡은 공포와 절망감은 이루 말로 표현할 수가 없다. 나는 공포와 절망감에 짓눌려 거기에 누워 있었다. 묘하게도 이런 생각이 문득 떠올랐다. 언젠가 화석이 된 내 시체가 발견되면, 지구의 내장 속으로 120킬로미터나 들어간 지점에서 인간 화석이 발견된 사실이 과학적으로 중대한 문제를 제기할 거라는 생각이었다.

나는 큰 소리로 외치고 싶었지만, 바싹 마른 입술에서는 귀에 거슬리는 소리만 새어 나올 뿐이었다. 나는 가쁜 숨을 몰아쉬며 거기에 누워 있었다.

그 고통 속에서 새로운 공포가 나타나 내 마음을 사로잡았다. 넘어질 때 램프가 떨어져서 망가진 것이다. 고장 난 램프를 고칠 방법은 전혀 없었다. 램프 불빛은 점점 희미해져서 금방이라도 꺼져 버릴 것 같았다.

나는 발광 전류가 필라멘트 속에서 차츰 줄어드는 것을 지켜보았다. 이 달아나는 빛의 분자를 놓칠까 겁이 나서, 나는 감히 눈을 깜박거릴 수도 없었고 눈동자를 움직이지도 못했다. 빛은 시시각각 희미해지고, 칠흑 같은 어둠이 금세 나를 덮칠 것만 같았다.

마침내 램프 속에서 마지막 빛이 흔들거렸다. 나는 눈으로 그 빛을 좇았다. 눈으로 그 빛을 빨아들였다. 그것이 내가 볼 수 있는 마지막 빛이라도 되는 듯이 나의 모든 감각을 그 빛에 쏟아부었다. 다음 순간, 나는 거대한 암흑 속으로 깊이 가라앉았다. 완전한 어둠이 나를 완전한 실명 상태로 만들고 만 것이다.

나는 당황했다. 가장 고통스러운 방법으로 길을 더듬어 가려고 두 팔을 앞으로 내밀었다. 그러고는 달아나기 시작했다. 탈출할 수 없는 이 미로를 무턱대고 내달렸다. 줄곧 큰 소리로 외치고 울부짖고 비명을 지르면서 달렸다. 튀어나온 바위에 부딪혀 여기저기 멍들고 깨졌다. 넘어지면 피투성이가 되어 다시 일어나, 얼굴에 줄줄 흘러내리는 피를 받아 마시려 했다. 그러면서 어느 암벽에 부딪혀 머리가 깨져 버리기를 기다렸다.

이 미치광이 같은 질주는 나를 어디로 데려갔을까? 그것은 나도 모른다. 영원히 모를 것이다. 몇 시간 뒤, 나는 기진맥진한 끝에 생명이 없는 덩어리처럼 암벽 옆에 쓰러져 의식을 잃어버렸다.

16장

멀리서 들리는 목소리

제정신이 들었을 때 내 얼굴은 눈물로 범벅이 되어 있었다. 얼마나 오랫동안 기절해 있었던 것일까. 그때 내가 느낀 외로움, 그 완전한 소외감을 맛본 사람은 세상에 아무도 없을 것이다.

나는 쓰러진 뒤 피를 많이 흘렸다. 온몸이 피투성이가 된 것을 느낄 수 있었다. 무의식 상태가 다시 나를 사로잡기 시작한 것을 느낄 수 있었다. 그와 함께 나의 모든 것이 파멸하는 최후의 순간이 다가왔다. 바로 그때 커다란 소리가 내 귀청을 때렸다. 그것은 오랫동안 울려 퍼지는 우렛소리 같았다.

이 소리는 어디서 들려오고 있을까? 지하에서 일어나고

있는 현상이 그런 소리를 낸 게 분명했다.

나는 다시 귀를 기울였다. 15분이 지났다. 동굴은 쥐 죽은 듯 조용했다. 그때 우연히 벽에 댄 내 귀에 문득 말소리가 들린 것 같았다. 환청이 아닐까 생각했지만, 환청이 아니었다. 더욱 열심히 귀를 기울이자 중얼거리는 목소리가 분명히 들렸다.

'그래, 틀림없어! 저건 사람 목소리야! 분명히 사람 목소리야!'

동굴 벽을 따라 1미터쯤 움직이자 목소리를 더욱 또렷이 들을 수 있었다. 커졌다 작아졌다 하는 목소리에 실려 들려오는 야릇하고 이해할 수 없는 낱말을 나는 간신히 알아들을 수 있었다. 그 낱말은 낮은 목소리로 중얼거린 것처럼 내 귀에 전달되었다. '푀를로라드'라는 낱말이 구슬픈 어조로 여러 번 되풀이되었다.

'저건 무슨 뜻일까? 누가 말하고 있을까? 내가 그들의 말을 들을 수 있다면, 저쪽에서도 내 목소리를 들을 수 있지 않을까?'

"사람 살려!" 나는 온 힘을 다해 소리쳤다. "사람 살려!"

그러고는 다시 귀를 기울였다. 어둠 속에서 대답이나 외침이나 한숨 소리가 들리기를 기다렸다. 하지만 아무 소리도 들리지 않았다.

나는 다시 귀를 기울이기 시작했다. 벽을 따라 귀를 움직여, 목소리가 가장 크게 들리는 지점을 찾아냈다. '푀를로라드'라는 낱말이 다시 내 귀에 들어왔다. 그리고 이번에는 공간을 통해 발사된 내 이름을 똑똑히 들었다.

말하고 있는 것은 삼촌이었다. 삼촌이 한스와 이야기를 나누고 있었다. '푀를로라드'는 덴마크어 낱말이었다.

그러자 모든 게 분명해졌다. 내 목소리가 삼촌한테 들리게 하려면 나도 동굴 벽면을 따라 소리를 질러야 한다. 그러면 전선이 전기를 나르듯 벽이 내 목소리를 삼촌에게 전달해 줄 것이다.

머뭇거릴 시간이 없었다. 그들이 지금 서 있는 위치에서 몇 걸음만 움직여도 음향 효과는 사라질 것이다. 그래서 나는 다시 벽 쪽으로 다가가 최대한 분명하게 외쳤다.

"삼촌! 리덴브로크 삼촌!"

그러고는 불안으로 가슴을 졸이며 응답을 기다렸다. 몇 초가 몇 년처럼 지나갔다. 마침내 응답이 내 귀에 들어왔다.

"악셀! 악셀! 너냐?"

....

"예, 저예요!"

....

"어디 있는 거냐?"

....

"길을 잃었어요. 캄캄한 곳에 있어요!"

....

"램프는?"

....

"꺼졌어요."

....

"시냇물은?"

....

"놓쳤어요!"

....

"악셀, 용기를 내!"

....

"너무 지쳐서 대답할 기운도 없어요. 하지만 계속 말씀해
주세요!"

....

"용기를 내. 말하지는 말고 듣기만 해. 우리는 줄곧 동굴을
오르내리면서 너를 찾아다녔어. 하지만 찾을 수가 없었지.
우리는 네가 아직도 '한스천'을 따라 내려가고 있을지 모른
다고 생각하고, 총을 쏘면서 다시 아래로 내려갔어. 지금 우
리는 서로 목소리를 듣고 있지만 이건 음향 효과일 뿐이야.
우리 손은 서로 닿을 수 없어. 하지만 절망하지 마라. 서로
목소리를 들을 수 있다는 것만도 대단한 거야."

....

삼촌이 말하는 동안 나는 생각하고 있었다. 아직은 희미하지만 희망이 되돌아오고 있었다. 무엇보다도 먼저 알아야할 것이 하나 있었다. 그래서 나는 입을 벽에 가까이 대고 말했다.

"삼촌!"

....

잠시 후 삼촌의 대답이 돌아왔다.

"그래."

....

"우리가 얼마나 떨어져 있는지, 그것부터 알아내야 해요."

....

"그건 어렵지 않아."

....

"크로노미터 갖고 계세요?"

....

"그래."

....

"그럼 크로노미터를 준비하세요. 제 이름을 부르고, 몇 초에 말했는지 정확한 시간을 적어 두세요. 삼촌 목소리가 들리면 곧바로 응답할게요. 그러면 삼촌은 제 응답이 들린 시간을 정확하게 적어 두세요."

....

"그래, 알았다. 내가 널 부른 시간과 네 응답이 들린 시간을 반으로 나누면, 내 목소리가 너한테 들릴 때까지 걸린 시간을 알 수 있겠구나."

....

"맞아요, 삼촌."

....

"준비됐니?"

....

"네."

....

"좋아. 대기해. 네 이름을 부를 테니까."

....

나는 통로 쪽으로 귀를 돌렸다. '악셀'이라는 말이 들리자마자 나는 응답하고 기다렸다.

....

"40초. 두 말 사이의 간격이 40초야. 따라서 내 목소리가 너한테 가는 데 걸리는 시간은 20초. 음속이 1초에 340미터니까, 우리 사이의 거리는 6,800미터라는 얘기가 돼. 거의 7킬로미터야."

....

"7킬로미터……."

....

"충분히 걸을 수 있는 거리야."

....

"하지만 올라가야 할지 내려가야 할지 어떻게 알죠?"

....

"내려와. 그 이유는…… 네가 어떤 길을 택하든 아래쪽으로 내려오기만 하면 반드시 이곳으로 오게 될 거야. 필요하다면 몸을 질질 끌고서라도 계속 전진해. 가파른 비탈에서는 그냥 미끄러져. 통로 끝에 이르면 우리가 두 팔을 벌리고 맞아 줄 테니까. 어서 출발해. 어서!"

....

이 말을 듣자 다시금 기운이 났다.

"삼촌, 지금 출발할게요. 제가 이곳을 떠나면 우리는 더 이상 대화를 나눌 수 없을 거예요. 그럼 이따 만나요!"

....

"그래. 곧 다시 만나자꾸나!"

이것이 내가 들은 마지막 말이었다.

지구의 거대한 암벽을 뚫고 7킬로미터 거리를 오간 이 놀라운 통화는 곧 다시 만나자는 희망의 말로 끝을 맺었다. 이 놀라운 음향 효과는 사실 간단한 자연법칙으로 쉽게 설명할 수 있다. 그 효과는 통로의 특수한 형태와 암석의 전도성 때문에 생겨난 것이다.

삼촌의 음성이 내 귀에 들린 이상, 우리 사이에는 어떤 장애물도 있을 수 없다는 것을 깨달았다. 소리가 전달된 길을 따라가기만 하면 반드시 삼촌한테 도달할 수 있을 것이다. 체력이 바닥나지만 않는다면.

나는 일어섰다. 걷는다기보다 몸을 질질 끌고 갔다. 비탈은 아주 가팔랐다. 나는 몸뚱이가 미끄러져 내려가는 대로 내버려 두었다.

곧이어 하강 속도가 겁이 날 만큼 빨라지기 시작했다. 이러다가는 미끄럼 타기가 아니라 진짜 추락이 될 것 같았다. 미끄러지는 몸을 세울 기력은 남아 있지 않았다.

갑자기 내 발밑에서 바닥이 사라졌다. 나는 그야말로 우물 같은 수직 동굴을 빙글빙글 돌면서, 여기저기 튀어나온 바위에 부딪히면서 떨어지는 것을 느꼈다. 머리가 날카로운 바위에 부딪혔다. 나는 그만 의식을 잃어버렸다.

17장

리덴브로크해

정신이 들었을 때 주위는 어스름했다. 나는 두꺼운 깔개 위에 누워 있었다. 삼촌이 나를 내려다보고 있었다. 내가 숨을 내쉬자 삼촌은 내 손을 잡았고, 내가 눈뜨는 것을 보고는 환성을 질렀다.

삼촌은 나를 가슴에 끌어안으면서 말했다.

"살았구나, 살았어!"

나는 삼촌의 말투에 감동했고, 그 말에 담긴 애정에는 훨씬 더 감동했다.

그때 한스가 다가왔다. 한스는 삼촌 손에 붙잡힌 내 손을 보았다. 한스의 눈에는 생생한 만족감이 드러나 있었다.

"안녕, 한스." 나는 중얼거렸다. "삼촌, 그런데 여기가 어디죠?"

"내일 말해 주마. 너는 아직 너무 쇠약해. 네 머리에 압박 붕대를 감아 놓았는데, 붕대가 흐트러지면 안 돼. 그만 자거라. 푹 자고 나서 내일 다 말해 주마."

정말이지 나는 기력이 많이 떨어져 있었다. 눈이 저절로 감겼다. 하룻밤 푹 쉴 필요가 있었다. 나는 꼬박 이틀 동안 혼자 지냈구나 생각하면서 깊은 잠 속으로 빠져들었다.

이튿날 아침, 나는 눈을 뜨고 주위를 둘러보았다. 담요를 모아서 만든 내 잠자리는 종유석으로 장식된 멋진 동굴 속에 놓여 있었고, 바닥은 부드러운 모래로 덮여 있었다. 동굴 속은 어스름했다. 횃불도 램프도 켜져 있지 않은데 야릇한 빛이 동굴에 뚫린 좁은 틈새를 통해 바깥에서 비쳐들고 있었다. 무슨 소리인지 알 수 없는 희미한 소리도 들렸다. 바닷가에 밀려와 부서지는 파도 소리 같았다. 이따금 휘파람을 부는 듯한 바람 소리도 들리는 듯했다.

나는 의아한 생각이 들었다. 아직도 꿈꾸고 있는 건 아닐까? 추락하면서 다친 머리 때문에 헛것을 보고 환청을 듣고 있는 게 아닐까?

'아니야. 저건 분명히 햇빛이야. 저건 분명히 파도 소리야! 그리고 저건 바람 소리야! 우리가 지상으로 돌아왔나? 그럼 삼촌이 탐험을 포기했나?'

풀리지 않는 의문으로 머리를 쥐어짜고 있을 때 삼촌이 들어왔다.

"잘 잤니? 아주 좋아진 것 같구나." 삼촌은 기분 좋게 외쳤다.

"정말 그래요." 나는 일어나 앉으면서 말했다.

"네가 편히 잠을 자기에 그럴 줄 알았다."

삼촌의 말에 따르면, 나는 거의 수직에 가까운 동굴을 억수같이 쏟아지는 돌멩이들과 함께 굴러떨어졌다. 그 돌멩이들은 가장 작은 것도 나를 박살 낼 수 있을 만큼 컸다. 따라서 나는 운 좋게도 커다란 암석 조각을 타고 그것과 함께 미끄러져 내려온 게 분명했다. 이 무시무시한 탈것은 나를 삼촌의 품 안으로 곧장 데려왔다. 나는 의식을 잃고 피투성이가 된 채 삼촌의 팔 안에 떨어졌다.

"네가 죽지 않은 건 정말 기적이라고 말할 수밖에 없어. 어쨌거나 앞으로는 늘 한데 뭉쳐서 다니자. 그렇지 않으면 다시는 못 만날 위험이 있으니까."

앞으로는 늘 한데 뭉쳐서 다니자고? 그럼 여행은 아직 안 끝났단 말인가? 나는 눈을 크게 떴다. 휘둥그레진 내 눈을 보고 삼촌이 물었다.

"왜 그러냐, 악셀?"

"한 가지 여쭤보고 싶은데요, 저는 정말로 무사한 거죠?"

"그럼."

"제 팔다리도 모두 말짱한 거죠?"

"물론이지."

"그럼 제 머리는요?"

"네 머리? 한두 군데 멍이 든 것만 빼고는 있어야 할 곳에 정확히 붙어 있지. 네 어깨 위에."

"그럼 저는 미쳤나 봐요. 햇빛이 보이고, 바람 소리, 파도 소리도 들리니까요."

"겨우 그 얘기냐?"

"어찌 된 영문인지, 설명 좀 해 주시겠어요?"

"나중에 해 주마. 오늘 하루만 더 쉬거라. 내일은 배를 탈 거야."

"배를 타요?"

나는 깜짝 놀랐다.

배를 탄다고? 그럼 이 땅속에 강이나 호수나 바다가 있다는 말인가? 지하 항구에 배가 정박해 있다는 말인가?

내 호기심은 병적인 흥분으로 고조되었다. 삼촌은 나를 진정시키려고 애썼지만 허사였다. 삼촌은 내가 조바심으로 속을 태우는 것보다는 내 호기심을 채워 주는 편이 나한테 이롭다는 것을 깨닫고 양보했다.

나는 재빨리 옷을 입었다. 만약을 위해 담요로 몸을 감싸고 동굴을 나섰다.

처음에는 아무것도 보이지 않았다. 빛에 익숙지 않은 내 눈이 저도 모르게 감겨 버린 것이다. 간신히 눈을 떴을 때 나는 기쁘다기보다 어안이 벙벙해서 멍하니 서 있었다.

"야, 바다다!" 나는 소리쳤다.

"그래, 바다야. 리덴브로크해(海). 내가 발견했으니 내 이름을 붙여도 누가 뭐라고 하지 않겠지."

호수나 대양의 어귀처럼 보이는 드넓은 물이 시야 끝까지 펼쳐져 있었다. 육지 쪽으로 깊이 파고 들어온 해안선에는 파도가 밀려와 철썩이고, 고운 황금빛 모래에는 태초의 생물이 서식하는 작은 껍데기들이 점점이 흩어져 있었다.

해안은 완만하게 기울어져 있고, 물가에서 200걸음쯤 떨어진 곳에 벼랑 끝자락이 닿아 있었다. 벼랑의 일부는 톱니처럼 들쭉날쭉한 가장자리로 해안선을 꿰뚫어 바다로 돌출한 곳을 이루고 있고, 파도는 이런 곳을 이빨로 물어뜯어 서서히 침식하고 있었다. 저 멀리 안개에 싸인 듯 희미한 수평선을 배경으로 또렷한 윤곽을 드러낸 벼랑이 눈길을 끌었다.

그것은 지상의 바다처럼 해안선이 구불구불한 진짜 바다였다. 하지만 텅 비어 있었고, 오싹할 만큼 야생적으로 보였다.

이 바다를 그렇게 멀리까지 볼 수 있었던 것은 아주 미세한 것까지 드러내는 특수한 빛 때문이었다. 그것은 눈부신 빛살과 햇무리를 가진 햇빛이 아니라, 별빛처럼 창백하고 희미한 빛이었다. 그것은 열이 없는 반사광일 뿐이었다. 아니, 그 빛은 넓은 공간을 비추는 조명력, 맑고 차가운 흰색, 낮

은 온도, 달빛보다 훨씬 강한 광채 등으로 보아 전기적 성질을 띠고 있는 게 분명했다. 속에 바다를 품고 있을 만큼 드넓은 이 동굴을 가득 채우고 있는 빛은 북극의 오로라와 비슷했다.

내 머리 위를 하늘처럼 뒤덮고 있는 천장은 거대한 구름으로 이루어져 있는 것처럼 보였다. 무시로 움직이며 변화하는 수증기는 이따금 응결되어 억수 같은 비를 쏟아부을 터였다. 구름 아래쪽에는 또렷한 그림자가 생겼고, 두 구름층 사이에서 이따금 놀랄 만큼 강한 빛이 우리 쪽으로 새어 나왔다. 하지만 그 빛은 열이 전혀 없었기 때문에 태양은 분명 아니었다. 구름층 위에는 별들이 반짝이는 파란 하늘이 아니라 화강암 천장이 있었다. 나는 그 천장이 나를 무겁게 짓누르는 것을 느꼈다.

나는 이 경이로운 광경을 말없이 바라보았다. 내 느낌을 표현할 수 있는 말이 하나도 떠오르지 않았다. 나는 두려움과 놀라움이 뒤섞인 기분으로 멍하니 바라보고, 생각하고, 찬탄했다.

게다가 밀도 높은 공기는 내 허파에 더 많은 산소를 공급하여 나를 활기차게 만들었다. 47일 동안 좁은 동굴에 갇혀 있다가 소금기와 습기를 머금은 산들바람을 들이마시는 기분은 이루 말할 수 없이 황홀했다.

그러나 삼촌은 이미 이 광경에 익숙해져서 더 이상 놀라지도 않았다.

"잠깐 산책할 기운이 있겠니?" 삼촌이 물었다.

"그럼요. 지금 저한테 산책만큼 큰 즐거움은 없을 거예요."

"그럼 내 팔을 잡아라. 저 구불구불한 해안선을 따라가 보자꾸나."

나는 신이 나서 벌떡 일어났다. 우리는 이 새로운 바닷가를 따라 걷기 시작했다. 왼쪽에는 깎아지른 바위들이 엄청나게 쌓여서 거대한 더미를 이루고 있었다. 수많은 폭포가 바위 더미를 따라 흘러내린 뒤, 맑고 얕은 물줄기가 되어 졸졸 소리를 내며 사방으로 퍼져 갔다. 군데군데 바위에서 솟아오르는 수증기는 그곳에 온천이 있음을 알려 주었다.

그 순간 뜻밖의 광경이 내 관심을 사로잡았다. 500걸음쯤 떨어진 곳에 높은 곳이 있고, 그 너머에 울창한 숲이 나타난 것이다. 숲을 이루고 있는 중간 높이의 나무들은 잘 정돈된 모양을 하고 있어서 햇빛을 가리는 양산처럼 보였다.

나는 서둘러 숲으로 다가갔다. 그 기묘한 나무의 이름은 알 수 없었지만, 나무 그늘에 이르렀을 때 내 놀라움은 찬탄으로 바뀌었다. 크기가 어마어마했다.

삼촌은 당장 그 식물의 이름을 말했다.

"저건 버섯 숲일 뿐이야."

그랬다. 버섯은 고온다습한 기후를 좋아하는만큼, 그런 조건이 갖추어진 환경에서 얼마나 거대하게 자랐는지 상상할 수 있을 것이다. 그 하얀 버섯들은 높이가 10미터 내지 12미터에 이르렀고, 갓의 너비도 그 정도였다. 그런 버섯이 수천 개나 모여 있었다.

그런데 이 지하 세계의 식물은 버섯만이 아니었다. 버섯 숲에서 좀 더 앞으로 걸어가자, 누렇게 바랜 잎을 매달고 있는 수많은 나무가 무리 지어 있었다. 그 나무들은 쉽게 알아볼 수 있었다. 크기는 엄청나지만 지상에서 흔히 볼 수 있는 관목들이었다.

"놀랍고, 엄청나고, 훌륭해!" 삼촌이 외쳤다. "이곳에는 고생대의 식물군이 모두 모여 있어. 우리가 텃밭에서 키우는 그 보잘것없는 식물들이 태초에는 이렇게 큰 나무로 자랐던 거야.

"그러게요. 하느님은 태곳적 식물들을 이 거대한 온실에 모두 보존해 두고 싶으셨나 봐요."

"그래. 여기가 온실이라는 말은 맞다. 하지만 덧붙여 말하면 여긴 동물원이기도 해."

"동물원요?"

"그럼. 우리가 걷고 있는 이 모래땅을 봐라. 바닥에 흩어져 있는 뼈를 봐."

"뼈라고요? 아니, 정말로 이건 태곳적 동물의 뼈로군요! 이건 마스토돈의 아래턱뼈, 이건 디노테리움의 어금니, 이 대퇴골은 메가테리움의 뼈가 분명해요. 정말로 여긴 동물원이군요. 이 뼈들은 지각 변동으로 우연히 이곳에 운반된 게 아니에요. 이 뼈의 주인들은 이 땅속 바닷가, 이 식물들의 그늘에서 살았어요. 이것 좀 보세요. 이 골격은 완전한 형태로 남아 있군요. 하지만……."

"하지만 뭐지?"

"그런 네발짐승들이 어떻게 화강암 동굴 속에서 살게 됐는지 이해할 수가 없어요."

"네 의문에는 아주 간단히 대답할 수 있지. 이 지층이 바로 퇴적층이라는 거야."

"뭐라고요? 지표면보다 훨씬 밑에 있는 이 땅속에 퇴적층이 있다니!"

"틀림없어. 그리고 그건 지질학적으로 설명할 수 있어. 한때 지구는 탄력적인 지각으로만 이루어져 있어서, 만유인력 법칙에 따라 지각이 위아래로 번갈아 움직였지. 그러다 보면 산사태처럼 토사가 무너져 내렸을 테고, 그래서 퇴적층의 일부가 새로 뚫린 틈새 바닥으로 가라앉았을 거야."

"그래요. 그게 틀림없어요. 하지만 태곳적 동물들이 지하에 살았다면, 그 괴물들이 아직도 이곳 어두운 숲이나 가파른 암벽 뒤에 어슬렁거리고 있지 않을까요?"

이런 생각을 하자 좀 겁이 나서 수평선을 훑어보았다. 그러나 텅 빈 해안에는 살아 있는 생물이라고는 하나도 보이지 않았다. 이 지하 세계에 살아 있는 생물은 우리뿐이었다.

이따금 바람이 잔잔해지면 사막보다 더 깊은 정적이 바위 투성이 불모지에 내리 덮이고 해수면을 짓눌렀다. 나는 멀리 끼어 있는 안개를 꿰뚫어보려고 애썼다. 그때 내 입에서 엉뚱한 질문이 튀어나왔다! 이 바다는 어디서 끝나죠? 아니, 어디서 시작된 거죠? 건너편 해안을 볼 수 있을까요?

이 문제에 대해서 삼촌은 이미 분명한 생각을 가지고 있었다. 나는 삼촌의 대답을 듣고, 한편으로는 신이 나고 다른 한편으로는 두려웠다.

그 경이로운 경치를 바라보며 한 시간쯤 보낸 뒤에 우리는 다시 해안을 따라 동굴로 돌아갔다. 나는 묘한 생각에 사로잡힌 채 깊은 잠 속으로 빠져들었다.

18장

지구 속 해안

이튿날 아침, 나는 가뿐한 몸으로 잠에서 깨어났다. 목욕을 하면 몸에 좋을 것 같아, 나는 그 '지중해'로 가서 미역을 감았다. 지중해야말로 이 바다에 안성맞춤인 이름이었다.

나는 목욕을 하고 돌아와 왕성한 식욕으로 점심을 먹었다. 언제나 그렇지만, 한스의 요리 솜씨는 대단했다.

식사가 끝나자 삼촌이 말했다.

"이제 밀물이 들 시간이야. 이 현상을 연구할 수 있는 기회를 놓칠 수는 없지."

"뭐라고요? 밀물이 든다고요?"

"그래."

"그럼 이렇게 깊은 땅속에도 해와 달이 영향을 미칠 수 있다는 거예요?"

"그러면 안 될 이유라도 있냐? 만물은 인력의 영향을 받으니까 이 바다도 분명히 그 자연법칙의 지배를 받을 거야. 그러니까 아무리 높은 기압이 해수면을 누르고 있다 해도 대서양과 마찬가지로 해수면이 올라가겠지."

이런 대화를 나누면서 백사장을 걷는 동안 파도가 서서히 해안으로 올라오고 있었다.

"보세요. 밀물이 시작됐어요."

"그래. 물거품의 흔적을 보면 수위가 3미터가량 높아진 것을 알 수 있어."

"굉장하군요!"

"이건 자연스러운 현상이야."

"삼촌이 뭐라고 하시든 저한테는 모든 게 너무나 놀라워요. 제 눈을 믿을 수가 없을 정도예요. 지구 내부에서 밀물과 썰물이 일어나고, 해풍과 폭풍까지 부는 진짜 바다가 있다고 누가 생각이나 했겠어요!"

"그렇긴 하다만, 이곳 땅속의 바다나 육지에는 생물이 살지 않아."

"이 바다에도 알려지지 않은 물고기가 살고 있을지 모르잖아요. 시험 삼아 낚시라도 해 보는 건 어떨까요?"

"그래 좋다. 한번 해 보자꾸나. 우리는 이 신세계의 수수께끼를 모두 풀어야 하니까."

"그런데 여기가 어디죠? 삼촌한테 아직 그걸 물어보지 못했는데, 삼촌은 계기를 사용해서 여기가 어딘지 벌써 알아내셨겠죠?"

"아이슬란드에서 수평 거리로 1,400킬로미터 떨어진 지점이야."

"우리가 그렇게 멀리 왔나요?"

"거의 정확해."

"그런데 나침반은 아직도 남동쪽을 가리키고 있나요?"

"그래. 지표면과 마찬가지로 서쪽으로 19도 42분 기울어져 있어."

"이곳의 깊이는 얼마나 되죠?"

"140킬로미터쯤."

"그렇다면……." 나는 지도를 들여다보면서 말했다. "우리 위에는 스코틀랜드의 고지대가 있겠군요. 지상에는 그램피언산맥이 어마어마한 높이로 솟아 있겠어요."

"그래." 삼촌은 웃으면서 대답했다. "떠받치고 있기에는 좀 무겁지만, 천장은 단단해. 세상을 만든 위대한 건축가는 단단한 재료로 천장을 만드셨지. 기둥 사이가 이렇게 넓은 천장을 인간은 결코 만들 수 없었을 거야!"

"하늘이 무너질까 봐 걱정하지는 않아요. 그런데 삼촌의 계획은 뭔가요? 땅 위로 돌아갈 생각은 아니시겠죠?"

"돌아간다고? 당치 않은 소리!"

"하지만 저 바다 밑으로 내려가는 길을 어떻게 찾으실 작정인지 모르겠군요."

"무턱대고 뛰어들 생각은 나도 없어. 하지만 지상의 바다들은 모두 육지로 둘러싸여 있으니까, 엄밀히 말하면 호수일 뿐이야. 그러니 낭비할 시간이 없어. 내일 돛을 올릴 거야."

나는 우리를 태우고 갈 배를 찾아 본능적으로 주위를 둘러보았다.

"그런데 어떤 배를 탈 거죠?"

"배가 아니라 뗏목이야."

"뗏목이라고요? 안 보이는데……."

"볼 수는 없지만, 귀를 기울이면 들을 수는 있을 거다!"

"들리다뇨?"

"그래. 망치 소리가 들리지? 저건 한스가 벌써 일을 시작했다는 뜻이야."

"뗏목을 만들고 있다고요?"

"그래."

"아니, 그럼 벌써 나무를 잘랐단 말이에요?"

"나무는 이미 쓰러져 있었어. 자, 어서 가 보자. 한스가 일하는 걸 볼 수 있을 거야."

15분쯤 걸어가자 작은 항구를 이루고 있는 곳 반대편에서 일하고 있는 한스가 보였다. 나는 몇 걸음 만에 한스 옆에 이르렀다. 놀랍게도 반쯤 완성된 뗏목이 모래톱에 놓여 있었다. 뗏목은 특이한 나무로 만들어져 있었고, 수많은 들보와 늑재 따위가 땅바닥에 흩어져 있었다.

"삼촌, 이게 도대체 무슨 나무죠?"

"소나무, 전나무, 자작나무…… 북반구에서 자라는 온갖 침엽수들이지. 바닷물 때문에 돌처럼 딱딱하게 굳어 버렸어."

"그럴 수도 있나요?"

"쉽게 말하면 나무 화석이야."

"그렇다면 갈탄이나 마찬가지로 돌처럼 단단할 테니, 물에 뜰 수 없어요."

"그럴 수도 있겠지. 하지만 여기 있는 나무들은 이제 막 화석으로 변하기 시작했을 뿐이야. 이걸 보렴."

삼촌은 목재 하나를 바다에 던졌다. 그 나무토막은 잠시 물속으로 사라졌다가 다시 수면으로 떠올라, 바닷물의 출렁임에 따라 위아래로 흔들렸다.

한스의 노련한 솜씨 덕택에 이튿날 저녁에는 뗏목이 완성되었다. 뗏목은 길이가 3미터, 너비가 1.5미터였다. 물에 띄우자 뗏목은 '리덴브로크해'에 조용히 떠 있었다.

8월 13일 목요일, 우리는 아침 일찍 일어났다. 오늘은 빠르고 편안한 새로운 수송 수단을 정식으로 개통할 예정이었다. 두 개의 나무토막을 묶어서 만든 돛대, 활대, 담요로 만든 돛이 우리 뗏목에 갖추어진 장비였다. 밧줄은 부족하지 않았기 때문에 모든 것이 단단했다.

아침 6시에 삼촌이 뗏목에 타라는 신호를 보냈다. 식량과 기구와 무기, 신선한 물은 이미 뗏목에 실려 있었다.

한스는 뗏목을 조종할 수 있도록 키를 달았다. 그 키는 한스가 잡았다. 나는 뗏목을 해안에 묶어 둔 밧줄을 풀었다.

작은 항구를 떠날 때, 삼촌은 그 항구에도 이름을 붙이고 싶어 했다. 삼촌이 내놓은 이름은 하필 내 이름이었다.

"저는 다른 이름을 제안하고 싶은데요."

"그게 뭔데?"

"그라우벤요. 지도에 그라우벤항(港)이라고 쓰여 있으면 보기 좋을 거예요."

"좋다. 그라우벤항으로 하자."

이렇게 하여 사랑하는 그라우벤의 기억이 우리의 파란만장한 탐험에 결부되었다.

바람은 북서쪽에서 불어오고 있었다. 우리는 뒷바람을 받아 빠른 속도로 달렸다. 밀도 높은 대기층은 강한 추진력을 갖고 있어서 돛에 강력한 선풍기 같은 작용을 했다.

한 시간 뒤에 삼촌은 우리의 속도를 비교적 정확하게 추산할 수 있었다.

"현재와 같은 속도로 계속 달리면 24시간마다 적어도 120킬로미터는 갈 수 있으니까, 오래지 않아 건너편 해안에 도착할 수 있을 거야."

나는 뗏목 앞쪽으로 걸어갔다. 북쪽 해안선은 벌써 수평선 너머로 가물가물 사라지고 있었다. 두 팔처럼 양쪽으로 뻗은 해안선이 우리의 출발을 도우려는 듯 넓게 벌어졌다. 눈앞에 드넓은 바다가 펼쳐졌다. 거대한 구름이 수면에 잿빛 그림자를 던지며 우리와 함께 달렸다. 구름의 그림자가 그 음침한 물을 짓누르는 것 같았다. 여기저기서 튀어 오르는 물방울에 반사된 은빛 광선이 뗏목이 지나간 자리를 반짝이는 점들로 장식했다.

곧 육지가 시야에서 사라져, 우리는 기준점을 잃어버렸다. 뗏목 뒤에서 일어나는 거품이 없었다면 우리가 과연 움직이는 것인지도 확신하지 못했을 것이다.

정오 무렵 수면에 떠 있는 거대한 바닷말이 나타났다. 우리 뗏목은 길이가 1킬로미터나 되는 바닷말 옆을 스치고 지나갔다. 바닷말은 거대한 뱀처럼 수평선 너머로 구불구불 뻗어 있었다. 이제 곧 끝나겠지 생각하면서, 리본처럼 끝없이 이어진 바닷말을 바라보는 것은 무척 재미있었다. 그런데 몇 시간이 지나도 바닷말은 끝날 줄 몰랐다.

밤이 왔다. 하지만 전날 저녁에 알아차렸듯이 대기는 여전히 빛을 내고 있었다.

저녁을 먹은 뒤에 나는 돛대 밑에 드러누워 공상을 즐기다가 곧 잠이 들었다.

한스는 키 옆에서 꼼짝도 않고 뗏목이 달리도록 내버려 뒀다. 순풍을 받고 있었기 때문에 한스는 키를 잡을 필요도 없었다.

19장

항해 일지 ①

그라우벤항을 떠난 뒤 삼촌은 나에게 일거리를 주었다. '항해 일지'를 적는 일이었다. 아무리 사소한 것도 남김없이 기록하고, 흥미로운 현상과 풍향, 뗏목의 속도, 뗏목이 달린 거리, 요컨대 이 항해에서 일어난 온갖 사건을 빠짐없이 적으라는 분부였다.

그 일지를 여기에 옮겨 적도록 하겠다.

8월 14일 금요일

북서풍. 꾸준한 산들바람. 뗏목은 일직선으로 아주 빠르게 달리고 있다. 해안은 바람이 불어오는 쪽으로 약 120킬로미터 지점. 수평선에는 아무것도 보이지 않는다. 빛의 강도는 변화가 없다. 날씨 맑음. 구름은 아주 높이 떠 있고, 가볍고 양털 같다. 은빛 대기가 구름을 둘러싸고 있다. 기온은 32도.

정오에 한스가 낚싯줄 끝에 낚싯바늘을 묶었다. 낚싯바늘에 고기 조각을 미끼로 끼우고 물속에 던진다. 두 시간 뒤에 한스가 낚싯줄을 끌어당겨 물고기 한 마리를 낚아 올린다.

"철갑상어다!" 나는 외친다.

삼촌은 그 동물을 유심히 조사하고 있다. 이 물고기는 납작하고 구부러진 대가리를 갖고 있다. 몸통 아랫부분은 갑옷처럼 단단한 껍데기로 덮여 있고, 입에는 이빨이 하나도 없다. 꼬리 없는 몸뚱이에 잘 발달한 지느러미가 붙어 있다. 이 동물은 분명 철갑상어에 속해 있지만, 여러 가지 기본적인 점에서 철갑상어와는 다르다.

잠시 살펴본 뒤에 삼촌이 말했다.

"이 물고기는 오래전에 멸종해서 지금은 데본기 지층에 화석으로만 남아 있는 녀석이야."

"그럼 우리가 정말로 원시 바다에 살았던 동물을 잡았다는 건가요?"

"그래, 틀림없어. 그런데 이놈은 지하 동굴에 사는 어류에서 볼 수 있는 독특한 특징을 갖고 있군."

"그게 뭔데요?"

"눈이 안 보인다는 것."

"그래요?"

"그냥 눈이 안 보이는 게 아니라, 시각 기관이 아예 없어."

나는 물고기를 살펴본다. 정말로 눈이 없다. 하지만 이 녀석만 눈이 없는 기형인지도 모른다. 그래서 다시 낚싯바늘에 미끼를 꿰어 물속에 던진다. 바다에는 물고기가 우글거리는 모양이다. 두 시간 만에 꽤나 많이 잡았는데, 이 물고기들은 모두 눈이 없다. 뜻밖에 물고기를 잡은 덕에 식량이 늘어났다.

나는 망원경을 집어 들고 바다를 살펴본다. 바다는 텅 비어 있다.

부드러운 산들바람, 멋진 바다. 뗏목은 날듯이 달리고 있다. 삼촌은 이제 곧 건너편 해안에 상륙할 거라고 말한다.

그러나 수평선은 아직도 구름에 가려져 있다.

8월 15일 토요일

바다는 한결같이 단조롭다. 육지는 보이지 않는다. 수평선은 아주 멀리 떨어져 있는 것처럼 보인다.

삼촌은 망원경으로 공간을 샅샅이 살펴보고, 실망하여 팔짱을 끼고 있다.

"삼촌, 무슨 걱정거리라도 있으세요?"

"걱정거리? 그런 거 없다."

"그럼 초조하신가 보군요."

"그야 당연하지!"

"하지만 우리는 빠른 속도로 나아가고 있잖아요. 지금 속도가……."

"그건 상관없어! 문제는 우리가 느린 게 아니라 바다가 너무 크다는 거야!"

이 말에 나는 항구를 떠나기 전에 삼촌이 이 지중해의 길이를 약 120킬로미터로 추정한 게 생각났다. 우리는 적어도 그 거리의 세 배를 왔는데, 바다의 남쪽 해안은 나타날 기미도 보이지 않는 것이다.

"우리는 남쪽으로 내려가고 있지 않아."

"하지만 우리는 줄곧 사크누셈이 알려준 길을 따라왔잖아요. 그러니까……."

"바로 그게 문제야. 우리가 정말로 그 길을 따라왔을까? 사크누셈도 이 거대한 바다를 만났을까? 이 바다를 건넜을까? 우리가 길잡이로 삼은 그 시냇물이 혹시 우리를 엉뚱한 곳으로 데려온 건 아닐까?"

나는 초조해서 입술을 물어뜯고 있는 삼촌을 그냥 내버려 둔다.

8월 16일 일요일

새로운 일은 아무것도 일어나지 않음. 날씨도 똑같다. 바람은 조금 강해지는 듯.

이 바다는 정말로 끝이 없다. 지상의 지중해만큼이나 넓은 게 분명하다. 아니, 어쩌면 대서양만큼 넓을지도 모른다.

삼촌은 여러 번 수심을 재려고 애썼다. 곡괭이를 밧줄 끝에 매달아 물속에 넣고 400미터를 풀어 준다. 곡괭이가 매달린 밧줄을 다시 끌어 올리기가 너무 힘들다.

마침내 곡괭이를 뗏목 위로 끌어 올리자, 한스가 곡괭이 표면에 깊이 새겨진 자국을 가리킨다. 쇳덩어리가 단단한 두 개의 물체 사이에 꽉 끼여 있었던 것처럼 보인다.

"텐데르."

내가 무슨 뜻이냐고 눈으로 묻자, 한스는 입을 몇 번 열었다 닫았다 하는 시늉으로 대답한다.

"이빨!" 나는 깜짝 놀라서 소리치고, 쇳덩어리를 좀 더 유심히 살펴본다.

그렇다. 금속에 새겨진 자국은 이빨 자국이다! 그렇다면 그 이빨이 달린 턱은 어마어마한 힘을 가졌을 게 분명하다. 나는 이빨 자국이 난 쇳덩이에서 눈을 떼지 못한다.

온종일 심란하다. 겨우 몇 시간 눈을 붙이지만, 그동안에도 내 불안한 기분은 좀처럼 진정되지 않는다.

8월 17일 월요일

함부르크의 자연사 박물관에서 머리부터 꼬리까지의 길이가 10미터나 되는 공룡의 해골을 본 적이 있다. 현대를 사는 내가 중생대 생물과 대면하게 되려나? 설마 그럴 리가.

하지만 쇳덩어리에 새겨진 강한 이빨 자국!

내 눈은 공포에 질려 바다를 노려본다. 바닷속 동굴에 서식하는 그 괴물이 느닷없이 나타나지나 않을까 겁이 난다.

삼촌도 괴물과 맞닥뜨리는 것을 두려워하지는 않는다 해도, 곡괭이를 조사한 뒤 바다에 눈길을 던지는 것으로 보아 나와 같은 생각을 하는 것 같다.

나는 무기를 힐끔 바라보고, 언제든지 쏠 수 있도록 준비되어 있는지 점검한다. 삼촌은 그러는 나를 보고 흡족한 듯 고개를 끄덕인다. 벌써 해수면이 넓게 일렁이고 있다. 그것은 바닷속 깊은 곳에서 거친 물결이 일어나고 있다는 증거다. 위험이 다가오고 있다. 조심해야 한다.

8월 18일 화요일

밤이 온다. 아니, 밤이 온다기보다, 졸음이 와서 눈꺼풀이 감기는 때가 온다. 이 바다에는 밤이 없고, 무자비한 빛이 끊임없이 우리의 눈을 피곤하게 만들기 때문이다. 마치 햇빛을 받으며 북극해를 항해하고 있는 것 같다. 한스는 키를 잡고 있다. 한스가 불침번을 서는 동안 나는 잠이 든다.

두 시간 뒤, 무서운 충격에 잠이 깬다. 엄청난 힘이 뗏목을 파도 위로 들어 올려 40미터 저쪽으로 내던진다.

"아니, 무슨 일이지? 암초에 부딪혔나?" 삼촌이 소리친다.

한스가 400미터쯤 떨어진 곳에서 꾸준히 위아래로 움직이

고 있는 거무튀튀하고 거대한 물체를 가리킨다. 나는 그쪽을
보고 소리친다.

"저건 거대한 돌고래예요!"

"그래. 그리고 저쪽에는 엄청나게 큰 바다도마뱀도 있어."

"저 앞에는 어마어마하게 큰 악어도 있군요. 저 거대한 턱
과 무시무시한 이빨 좀 보세요. 아아, 사라졌어요!"

"고래다, 고래야!" 삼촌이 소리친다. "거대한 꼬리가 보여.
저것 봐. 공기와 물을 내뿜고 있어!"

두 개의 물기둥이 파도 위로 상당한 높이까지 올라간다.
이 바다 괴물들의 무리를 보고 우리는 놀라움과 두려움에
휩싸여 망연자실할 뿐이다.

우리는 공포에 질려 말을 잊는다. 파충류들이 다가오고 있
다. 한쪽에는 악어, 다른 한쪽에는 바다뱀. 나머지는 모두 사
라졌다. 총을 쏘려고 하자, 한스가 쏘지 말라는 신호를 보낸
다. 두 괴물은 뗏목에서 10미터도 떨어지지 않은 곳을 지나
간다. 그러고는 서로에게 덤벼든다. 악어와 뱀은 서로에게
너무 화가 나서 우리를 보지 못한다.

전투는 뗏목에서 200미터쯤 떨어진 곳에서 벌어진다. 두
괴물이 서로 뒤엉켜 있는 것이 또렷이 보인다.

하지만 이제는 다른 동물들도 싸움에 가담하고 있는 것 같
다. 돌고래, 고래, 도마뱀, 그리고 거북까지. 다양한 괴물들
이 계속 눈에 띈다. 나는 한스에게 그 괴물들을 가리킨다. 하

지만 한스는 고개를 젓는다.

"트바." 한스가 말한다.

"두 마리라고? 한스는 두 마리밖에 없다고 주장하는데요?"

"한스 말이 맞아." 삼촌은 망원경을 눈에 댄 채 대답한다. "첫 번째 괴물은 돌고래의 주둥이와 도마뱀의 대가리와 악어의 이빨을 갖고 있어. 그래서 우리가 착각한 거야. 저건 고대 파충류 중에서도 가장 무시무시한 어룡이야."

"그럼 다른 놈은요?"

"거북의 등딱지 속에 숨은 바다뱀이야. 어룡의 천적인 사경룡이지."

한스 말이 옳다. 수면을 어지럽히고 있는 괴물은 두 마리뿐이다. 태고의 바다에 살았던 두 마리의 파충류가 내 눈앞에 있다. 사람 머리만큼 커다란 어룡의 핏발선 눈이 보인다. 지금 눈앞에 있는 어룡은 몸길이가 최소한 30미터는 되어 보인다.

원통형 몸통에 짧은 꼬리가 달린 사경룡은 배를 젓는 노처럼 생긴 다리를 갖고 있다. 온몸이 단단한 껍데기로 덮여 있고, 백조의 목처럼 유연한 목은 수면 위로 10미터나 올라온다.

두 괴물은 엄청난 분노에 사로잡혀 서로 맹렬히 싸우고 있다. 산더미 같은 물결이 일어나 뗏목까지 밀려온다. 뗏목은

스무 번이나 뒤집힐 뻔한다. 쉭쉭거리는 소름 끼치는 소리가 귀청을 때린다. 두 괴물은 서로 부둥켜안고 있다.

한 시간이 지나고 두 시간이 지난다. 그래도 싸움의 기세는 전혀 약해지지 않는다. 두 괴물은 뗏목으로 다가오기도 하고, 뗏목에서 멀어지기도 한다. 우리는 총을 쏠 준비를 한 채 꼼짝도 하지 않는다.

갑자기 어룡과 사경룡이 사라진다. 넓은 바다에 커다란 소용돌이가 일어난다. 몇 분이 지난다. 그 순간, 거대한 대가리 하나가 불쑥 올라온다. 사경룡의 대가리다. 치명상을 입은 모양이다. 거대한 껍데기가 더 이상 보이지 않는다. 기다란 목만 똑바로 곤두섰다가 물을 내리치고, 올라왔다가 다시 구부러져 거대한 채찍처럼 물을 내리치고, 동강난 벌레처럼 몸부림친다. 사경룡의 움직임이 잦아들고 경련이 가라앉는다. 마침내 뱀은 이제 다시 잔잔해진 수면 위에 생명이 없는 덩어리처럼 기다란 몸뚱이를 쭉 뻗는다.

승자는 어디로 갔을까? 휴식을 취하러 바닷속 거대한 동굴로 내려갔을까? 아니면 수면에 다시 나타날까?

8월 19일 수요일

세차게 부는 바람 덕분에 다행히 싸움터에서 달아날 수 있었다. 한스는 여전히 키를 잡고 있다. 괴물들의 싸움 때문에 깊은 상념에서 벗어났던 삼촌은 이제 다시 초조하게 바다를

응시하고 있다.

우리의 항해는 또다시 한결같고 단조로워진다. 하지만 어제 같은 위험을 무릅쓰면서까지 변화가 일어나기를 바라지는 않는다.

20장

항해 일지 ②

8월 20일 목요일

가벼운 북동풍. 바람의 방향은 변덕스럽다. 기온은 높고, 뗏목의 속도는 8노트.

12시쯤 희미한 소리가 들린다. 그게 무슨 소리인지 설명할 수가 없어서, 그 사실만 적어 둔다. 무언가가 끊임없이 으르렁거리고 있는 듯하다.

"저 멀리 암초나 작은 섬이 있는 게 분명해. 거기에 파도가 부딪혀서 부서지는 소리야." 삼촌이 말한다.

한스가 돛대 꼭대기로 올라가지만, 암초가 있다는 신호는 없다. 바다는 수평선까지 잔잔하다.

세 시간이 지난다. 으르렁거리는 소리는 먼 폭포에서 나는 듯하다. 소리가 아주 커진 것으로 보아, 바람 불어 가는 쪽으로 그리 멀지 않은 곳에서 시끄러운 사건이 일어나고 있는 것은 확실하다.

나는 공중에 떠 있는 수증기를 쳐다보고, 두꺼운 수증기층 너머를 꿰뚫어 보려고 애쓴다. 하지만 하늘은 맑게 개어 있다. 천장 꼭대기까지 올라간 구름은 꼼짝도 하지 않는 것 같다. 안개가 말끔히 걷힌 수평선을 살펴본다. 겉보기에는 아무 변화도 없다.

4시쯤 한스가 일어나 돛대를 잡고 꼭대기로 올라간다. 돛대 꼭대기에서 앞쪽을 살피던 한스의 눈이 한곳에 멈춘다.

"한스가 뭔가를 본 모양이군." 삼촌이 말한다.

"그런가 봐요."

한스가 돛대를 내려와 남쪽으로 팔을 뻗는다. 그러자 삼촌은 망원경을 집어 들어 유심히 그쪽을 살핀다.

"그래. 그래!"

"뭐가 보이나요?"

"거대한 물기둥이 파도 위로 솟구치고 있어."

"그것도 바다 괴물인가요?"

"그럴지도 모르지."

"그럼 좀 더 서쪽으로 가죠. 그 괴물들하고 마주치는 게 얼마나 위험한지 알잖아요."

"곧장 앞으로!" 삼촌이 말한다.

나는 한스를 돌아본다. 한스는 고집스럽게 진로를 유지한다.

거리가 가까워질수록 물기둥은 점점 높아진다. 저렇게 많은 양의 물을 몸 안에 채웠다가 저렇게 쉬지 않고 뿜어낼 수 있는 것은 도대체 어떤 괴물일까?

저녁 8시에 우리는 그 괴물로부터 10킬로미터쯤 떨어진 곳에 이른다. 산처럼 거대한 몸뚱이가 섬처럼 바다 위에 누워 있다. 저건 헛것일까? 아니면 가공할 괴물일까? 검은 형체의 길이가 적어도 2킬로미터는 됨직하다.

갑자기 한스가 벌떡 일어나, 그 무시무시한 괴물을 손가락으로 가리킨다.

"홀메."

"섬이다!" 삼촌이 고함을 지른다.

"섬이라고요?" 나는 어깨를 으쓱하면서 되묻는다.

"틀림없어!" 삼촌은 큰 소리로 웃음을 터뜨리면서 소리친다.

"하지만 물기둥은 어떻게 된 거죠?"

"가이세르." 한스가 말한다.

"그래, 간헐천." 삼촌이 말한다. "아이슬란드에 있는 것과 같은 간헐천이야."

가까이 갈수록 물기둥의 높이가 어마어마해진다. 아이슬란드 사람들은 간헐천을 '가이세르'라고 부르는데, '분노'라

는 뜻이다. 이런 간헐천이 섬의 한쪽 끝에서 볼 만한 기세로 솟구치고 있다. 이따금 둔탁한 폭발음이 들리고, 격렬한 분노에 사로잡힌 거대한 물줄기가 수증기를 깃털처럼 날리면서 가장 낮은 구름층까지 치솟아 오른다.

"상륙하자." 삼촌이 말한다.

하지만 물기둥을 피하려면 조심해야 한다. 뗏목이 물기둥에 맞으면 순식간에 가라앉을 것이다. 한스는 뗏목을 솜씨 좋게 조종하여 섬 반대쪽 끝으로 우리를 데려간다.

나는 바위 위로 뛰어오른다. 삼촌도 날렵하게 뒤를 따르지만, 한스는 마치 그런 경이로운 광경에는 초연한 사람처럼 제자리에 남아 있다.

우리는 응회암이 섞인 화강암 위를 걷는다. 지나치게 과열된 증기 때문에 몸부림치는 보일러처럼 발밑의 땅이 부르르 떤다. 바위는 타는 듯이 뜨겁다. 간헐천이 나오는 작은 구덩이가 보인다. 나는 구덩이 한복판에서 부글부글 끓어 넘치는 물속에 온도계를 찔러 넣는다. 온도계 눈금이 163도를 가리킨다!

지금까지는 우리가 놀랄 만큼 운이 좋았으며, 내가 아직도 알 수 없는 이유 때문에 아주 적당한 기온 속에서 여행을 계속하고 있다는 것은 솔직히 인정할 수밖에 없다. 하지만 조만간 지구 내부의 열이 최고에 이르러 온도계로 잴 수 있는 한계를 훨씬 넘어 버리는 지역에 도달할 것은 분명해 보인다. 아니, 분명해 보이는 것이 아니라 확실하다.

곧 알게 되겠지. 이 말은 이제 삼촌이 가장 즐겨 쓰는 말이다. 삼촌은 그 화산섬에 조카의 이름을 붙여 준 다음, 뗏목에 타라는 신호를 보낸다.

마침내 우리는 섬 남쪽의 깎아지른 암벽을 피해 빙 돌아서 섬을 떠난다. 한스는 잠시 뗏목을 세워 둔 틈을 이용하여 뗏목을 다시 정비해 놓았다.

하지만 떠나기 전에 나는 지금까지 온 거리를 계산하기 위해 몇 가지 관측을 하고, 그 결과를 항해 일지에 기록한다. 우리는 그라우벤항에서 1,080킬로미터를 왔다. 현재 위치는 아이슬란드에서 2,480킬로미터 지점, 바로 영국 밑이다.

8월 21일 금요일

바람이 점점 강해져, 우리는 악셀섬에서 빠른 속도로 멀어져 간다. 으르렁거리는 소리도 차츰 잦아든다.

이곳에서 날씨라는 말을 쓸 수 있을지는 모르지만, 날씨가 변화할 조짐을 보인다. 대기 속에 수증기가 늘어나고 있다.

천재지변이 일어나려고 할 때는, 지상의 모든 동물과 마찬가지로 나도 불길한 예감을 느낀다. 남쪽 공중에 층층이 쌓인 구름은 폭풍이 시작될 때 흔히 볼 수 있는 '무자비한' 표정을 짓고 있다.

대기 전체가 수증기로 포화 상태에 이른 것은 의심할 여지가 없다. 내 몸에도 물기가 흠뻑 스며들어 있다. 머리카락이 전기 기구 옆에 있는 것처럼 곤두선다.

오전 10시, 폭풍우가 닥쳐올 조짐이 더욱 뚜렷해진다. 바람은 오히려 약해진다. 잠시 한숨 돌리며 폭풍을 준비하는 것 같다. 하늘의 위협적인 징후를 폭풍이 닥칠 조짐으로 믿고 싶지는 않지만, 삼촌한테 말하지 않을 수 없다.

"아무래도 날씨가 심상치 않은데요. 폭풍이 닥쳐올 거예요." 나는 수평선을 가리킨다. "저 구름이 바다 쪽으로 내려오고 있어요. 바다를 짓눌러 찌그러뜨리려는 듯이."

침묵이 흐른다. 바람도 잔잔해진다. 자연은 숨도 쉬지 않고 죽은 듯이 누워 있다.

"돛을 내립시다. 돛대도 치우고. 그게 안전해요."

"안 돼! 그건 절대로 안 돼!" 삼촌이 소리친다. "바람아 불어라! 폭풍아 어서 오라! 해안에만 도착할 수 있다면 뗏목이 바위에 부딪혀 박살 나도 좋다!"

이 말이 삼촌 입에서 떨어지기가 무섭게 남쪽 수평선의 모양이 갑자기 변한다. 한데 모인 수증기가 물로 변하고, 이 때문에 생긴 허공을 메우기 위해 사납게 빨려 들어간 공기는 거칠게 날뛰는 폭풍이 된다. 폭풍은 이 거대한 동굴의 가장 먼 구석에서 불어온다. 주위가 점점 어두워진다.

뗏목이 올라간다. 펄쩍 뛰어오른다. 삼촌이 저만치 나가떨어진다. 나는 삼촌에게 엉금엉금 기어간다. 삼촌은 밧줄 끝에 필사적으로 매달려, 사슬에서 풀려난 자연이 미친 듯이 날뛰는 장관을 만족스럽게 바라보는 것 같다.

한스는 손가락 하나 까딱하지 않고 있다. 긴 머리카락이 무표정한 얼굴 위에서 세찬 바람에 휘날린다. 머리카락이 반짝이는 깃털 장식처럼 곤두서 있다.

이제 빗줄기는 우리가 달려가는 수평선 앞에서 으르렁대는 폭포를 이룬다. 바다가 끓기 시작하고, 구름 위에서 일어난 어마어마한 화학작용으로 발생한 전기가 활동하기 시작한다.

눈부신 번개가 무시무시한 우렛소리와 결합한다. 우르르 쾅쾅 하는 요란한 소리에 섞여 수많은 섬광이 교차한다. 우박이 금속으로 된 연장과 무기에 맞아 불꽃을 튀긴다. 굽이치는 파도는 분출하는 화산 같다. 그 속에서는 불이 타오르고, 꼭대기에는 불꽃이 깃털 장식처럼 얹혀 있다.

빛이 너무 강렬해서 눈이 부시다. 우렛소리에 귀가 먹먹하다. 나는 폭풍의 위력 앞에 갈대처럼 휘청이는 돛대에 매달릴 수밖에 없다.

8월 23일 일요일

여기가 어디일까? 뗏목은 엄청난 속도로 달리고 있다.

끔찍한 밤이었다. 폭풍은 가라앉을 기미를 보이지 않는다. 모두 귀에서 피를 흘리고 있다. 말은 한마디도 나눌 수 없다.

쉬지 않고 번개가 친다. 번개가 지그재그로 내려오면서 번
득이다가 다시 위로 올라가 화강암 천장에 부딪힌다.

우리는 어디로 가고 있을까? 삼촌은 여전히 뗏목 가장자
리에 납작 엎드려 있다.

더위가 훨씬 심해진다.

8월 24일 월요일

이 폭풍이 끝나기는 할까?

뗏목은 끝없이 남동쪽으로 달리고 있다. 악셀섬을 떠난 뒤
벌써 800킬로미터를 달렸다.

12시에 폭풍이 태풍으로 바뀐다. 모든 짐을 밧줄로 꽁꽁
묶을 수밖에 없다. 우리 몸도 뗏목에 묶는다. 파도가 머리 위
를 지나간다.

지난 사흘 동안 한마디도 나누지 못했다. 입을 벌리고 입
술을 움직이지만, 알아들을 수 있는 소리는 전혀 나오지 않
는다. 귀에다 입을 대고 소리를 질러도 마찬가지다.

나는 마음을 다잡고 종이에 몇 자 적어 삼촌에게 내민다.

"돛을 내립시다."

삼촌이 동의한다는 뜻으로 고개를 끄덕인다.

삼촌의 머리가 원래 위치로 돌아가기도 전에 불덩어리가
뗏목 가장자리에 나타난다. 돛대와 돛이 한꺼번에 날아간다.

우리는 공포로 얼어붙는다. 불덩어리는 크기가 머리통만

하고, 반은 하얗고 반은 푸르스름하다. 불덩어리는 천천히 움직이지만, 폭풍의 채찍을 받아 놀랄 만큼 빠른 속도로 빙글빙글 돈다. 불덩어리는 여기저기 뛰어다니고, 뗏목의 가로대 위로 기어오르는가 하면, 식량 자루에도 덤벼든다. 그러다가 다시 펄쩍 뛰어 화약 상자를 가볍게 건드린다. 하지만 다행히 화약은 터지지 않는다.

불덩어리는 한쪽으로 움직여 한스에게 다가간다. 한스는 눈도 깜박거리지 않고 불덩어리를 노려본다. 불덩어리가 이번에는 삼촌에게 다가간다. 삼촌은 불덩어리를 피하려고 털썩 무릎을 꿇는다. 이번에는 불덩어리가 내 쪽으로 다가온다. 나는 하얗게 질린 얼굴로 멍하니 서 있다. 눈부신 빛과 열 속에서 부들부들 떨고 있다.

그런데 왜 발을 움직일 수 없을까. 뗏목에 못 박혀 버렸나? 아아! 전기를 띤 불덩어리가 뗏목 위에 있는 쇠붙이를 죄다 자석으로 만들어 버렸다. 계기도 무기도 연장도 모두 이리저리 부딪혀 쇳소리를 내고 있다. 내 구두에 박힌 징이 목재 속에 박아 넣은 철판에 찰싹 달라붙어 있다. 그래서 발을 떼어 놓을 수 없는 것이다.

빙글빙글 도는 불덩어리가 내 발을 붙잡고 끌고 가려는 순간, 나는 젖 먹던 힘까지 짜내어 겨우 발을 뗀다.

아아, 얼마나 강렬한 빛인가! 불덩어리가 폭발한다!

그리고 모든 것이 사라진다. 삼촌은 바닥에 널브러져 있고, 한스는 전기가 꿰뚫고 지나는 바람에 '불을 토하면서도' 여전히 키를 잡고 있다.

우리는 어디로 가게 될까?

8월 25일 화요일

나는 오랫동안 기절해 있다가 방금 깨어났다. 폭풍은 여전히 계속되고 있다. 번개는 공중에 풀어 놓은 수많은 뱀처럼 보인다.

아직도 바다에 있나? 그렇다. 여전히 측정할 수 없을 만큼 빠른 속도로 떠내려가고 있다. 우리는 영국 밑을 지났고, 도버 해협 밑을 지났고, 프랑스 밑을 지났고, 아마 유럽 전체를 땅속에서 가로질렀을 것이다!

새로운 소리가 들린다. 분명 파도가 바위에 부딪치는 소리다. 그렇다면……

21장

도착한 곳은?

나의 '항해 일지'는 여기서 끝난다. 다행히도 난파에서 구조되었기 때문이다.

뗏목이 암초에 부딪혔을 때 무슨 일이 일어났는지는 나도 모르겠다. 나는 바닷속으로 처박히는 것을 느꼈다. 내가 죽음을 면한 것은, 내 몸뚱이가 날카로운 바위에 박살나지 않은 것은 한스가 그 힘센 팔로 나를 끌어내 준 덕택이다.

그 용감한 아이슬란드인은 나를 파도가 미치지 않는 곳까지 데려가서 뜨거운 모래 위에 눕혀 놓았다. 정신을 차리고 보니 나는 삼촌과 나란히 누워 있었다.

비는 계속 쏟아지고 있었다. 진짜 홍수였다. 하지만 그 맹렬한 기세는 폭풍우가 끝나고 있음을 알리는 전조였다. 높이

쌓인 바위는 하늘에서 억수같이 쏟아지는 비를 막아 주었다. 한스가 음식을 준비했지만 나는 손도 대지 못했다. 사흘 밤이나 잠을 자지 못해서 녹초가 된 나는 불안한 잠 속으로 빠져들었다.

이튿날은 날씨가 기막히게 좋았다. 바다와 하늘은 약속이나 한 것처럼 평온을 되찾았다. 폭풍우의 흔적은 말끔히 사라졌다. 내가 잠에서 깨어나자 삼촌이 쾌활하게 인사를 했다.

"그래, 잘 잤니?"

모르는 사람이 들었다면 우리가 쾨니히가의 집에 있고, 내가 아침을 먹으러 아래층으로 내려가고 있는 줄 알았을 것이다.

"삼촌은 기분이 좋으신가 봐요."

"좋다마다. 아주 좋아! 마침내 도착했으니까."

"목적지에 도착했단 말씀이세요?"

"아니. 끝이 없어 보이던 바다 끝에 도착했다는 뜻이야. 앞으로는 다시 육로로 여행을 계속할 거야. 그리고 정말로 지구의 중심으로 뚫고 들어갈 거야."

"한 가지 여쭈어봐도 될까요?"

"얼마든지."

"어떻게 돌아갈 건데요?"

"돌아가? 아직 목적지에 도착하지도 않았는데 벌써부터

돌아갈 생각을 하다니!"

"그게 아니라, 어떻게 돌아갈 건지 궁금해서 그래요."

"아주 간단해. 일단 지구의 중심에 도착하면 지표면으로 올라가는 새 길을 찾거나, 아니면 좀 지루하긴 하겠지만 발길을 돌려서 왔던 길을 되짚어갈 거야. 우리가 지나온 길이 그동안 막히지는 않았겠지."

"그러면 뗏목을 수리하는 문제를 생각해야겠군요."

"물론이지."

"하지만 식량은 어떡하죠? 그렇게 엄청난 여행을 해낼 수 있을 만큼 식량이 남아 있나요?"

"아마 그럴걸. 한스는 재주 많은 사람이니까 짐을 거의 다 구해 냈을 거야. 자, 직접 가서 살펴보자꾸나."

해안에 도착해서 보니 한스가 가지런히 정돈된 수많은 물건 한복판에 서 있었다. 삼촌은 고마워 어쩔 줄 몰라 하면서 한스의 두 손을 힘껏 움켜잡았다. 아무도 따라갈 수 없을 만큼 충직하고 초인적일 만큼 헌신적인 이 남자는 우리가 자는 동안에 목숨을 걸고 귀중한 물건들을 구해 낸 것이다.

그래도 손실이 적지 않았다. 예컨대, 무기를 잃었다. 하지만 무기는 없어도 괜찮을 것이다. 폭풍우 속에서 간신히 폭발을 면한 화약은 무사히 남아 있었다.

"총이 없으니 사냥은 포기해야겠군." 삼촌이 말했다.

"그래요. 하지만 기구들은 어떻게 됐죠?"

"압력계는 여기 있어. 가장 유용한 기구지. 이것만 있으면 나머지는 모두 잃어도 돼. 이게 있으면 깊이를 계산할 수 있으니까 우리가 지구의 중심에 도착했는지 여부를 알 수 있지."

"나침반은요?"

"이 바위 위에 있어. 말짱하군. 크로노미터와 온도계도 무사해. 한스는 정말 대단한 녀석이야!"

연장은 어떻게 됐나 하고 살펴보니, 사다리와 밧줄, 곡괭이, 피켈 따위가 모래밭에 흩어져 있었다.

해안을 따라 가지런히 놓여 있는 식량 상자들은 보존 상태가 완벽했다. 속에 든 내용물도 거의 피해를 입지 않았다. 따라서 우리에게는 아직도 넉 달 동안 먹을 수 있는 건빵과 육포가 남아 있었다.

"넉 달이야!" 삼촌이 소리쳤다. "이 정도면 충분히 목적지에 갔다가 돌아올 수 있어."

이때쯤에는 삼촌의 성격에 익숙해졌을 만도 한데, 삼촌은 여전히 나를 놀라게 했다.

"자, 이젠 물을 보충해야 해. 바위의 우묵한 곳에 고인 빗물을 이용하자꾸나. 갈증에 시달릴 걱정은 전혀 없어. 뗏목은 한스한테 수리해 달라고 부탁할 거야. 뗏목이 또다시 필요할 것 같지는 않지만."

"왜요?"

"왠지 그런 예감이 든다. 들어온 구멍으로 다시 나갈 것 같
지는 않아."

나는 미심쩍은 눈으로 삼촌을 쳐다보았다. 삼촌이 미친 게
아닐까 하는 생각이 들었다. 하지만 이때만 해도 삼촌은 말
이 씨가 된다는 것을 모르고 있었다.

나는 아침을 먹으면서, 여기가 어디쯤인지 아느냐고 삼촌
에게 물어보았다.

"정확히 계산하기는 어려울지 모르지만, 그래도 현재 위치
를 대충 어림할 수는 있다."

"우리가 마지막으로 관측한 곳은 간헐천 섬이었어요."

"'악셀섬'이라니까! 지구 속에서 발견한 최초의 섬에다 네
이름을 붙이는 명예를 사양하지 마라."

"좋습니다. 악셀섬은 북쪽 해안에서 1,080킬로미터 지점
에 있었으니까, 아이슬란드에서는 2,400킬로미터가 넘었어
요. 그런데 불가사의한 건, 우리 계산이 옳다면 지금 이 순간
우리 머리 위에는 지중해가 있다는 겁니다."

"그렇게 생각하니?"

"우리는 레이캬비크에서 3,600킬로미터를 왔으니까요."

"정말 멀리도 왔군. 하지만 우리가 지금 지중해 밑에 있는
지 튀르키예 밑에 있는지 대서양 밑에 있는지는 우리가 일
정한 방향을 유지했을 때에만 확인할 수 있어."

"풍향은 늘 일정했던 것 같습니다. 제 생각에 이 해안은 그

라우벤항의 남동쪽에 있을 게 분명해요."

"그건 나침반을 보면 쉽게 확인할 수 있지. 그러니까 가서 나침반을 확인해 보자꾸나!"

삼촌은 한스가 기구들을 놓아둔 바위로 걸어갔다. 삼촌은 쾌활하고 태평했다. 바위에 이르자마자 삼촌은 나침반을 집어 들어 평평한 곳에 놓고 바늘을 들여다보았다. 바늘은 잠시 흔들리다가, 자기의 영향으로 정해진 위치에 멈추었다.

삼촌은 나침반 바늘을 들여다보다가 눈을 비비고 다시 보았다. 그러고는 당황한 표정으로 나를 돌아보았다.

"왜 그러세요?"

삼촌이 나침반을 가리켰다. 나는 나침반을 살펴보았다. 내 입에서 놀란 외침 소리가 터져 나왔다. 바늘은 북쪽을, 그러니까 우리가 남쪽으로 생각한 방향을 가리키고 있었다! 리덴브로크해가 아니라 해안 쪽을 가리키고 있었던 것이다!

더 이상 의심할 여지가 없었다. 폭풍이 몰아치는 동안, 우리가 모르는 사이에 바람이 갑자기 방향을 바꾸어, 영영 떠난 줄 알았던 해안으로 우리 뗏목을 다시 몰고 간 것이다.

22장

지구 속 인간

그때 삼촌을 뒤흔든 감정의 변화는 도저히 묘사할 수 없을 것이다. 황당하다는 느낌에 이어 믿을 수 없다는 기분, 그리고 걷잡을 수 없는 분노가 차례로 삼촌을 덮쳤다. 처음에는 그렇게 풀이 죽었다가 나중에는 그렇게 격한 노여움을 터뜨리는 사람을 나는 이제껏 본 적이 없다. 온갖 위험을 겪으며 그처럼 힘겹게 바다를 건넜는데, 그것을 처음부터 다시 시작해야 하다니! 앞으로 나아가는 대신, 뒤로 후퇴한 것이다.

그러나 삼촌은 금세 다시 쾌활해졌다.

"아아, 운명의 여신이 나한테 이런 장난을 치다니! 자연의 힘들이 나를 상대로 음모를 꾸미고 있어. 바람과 불과 물이 합세해서 내가 목적지에 도착하지 못하도록 방해하고 있는 거야. 좋아. 그렇다면 내 의지력을 보여 주지. 나는 절대로 굴복하지 않아. 어디 한번 두고 보라지. 인간이 이기는지 자연이 이기는지!"

"삼촌, 제 말 좀 들어 보세요." 나는 단호한 목소리로 말했다. "우리한테는 또다시 항해할 장비가 없어요. 돛대도 없는 허술한 뗏목을 타고 2,000킬로미터를, 그것도 역풍을 거슬러 갈 수는 없어요. 그 힘든 항해를 또다시 시도하는 건 미친 짓이라고요."

하지만 삼촌은 내 말을 한마디도 듣지 않았다.

"뗏목으로!" 삼촌이 외쳤다.

이것이 삼촌의 반응이었다. 나는 애원하고 화를 내기도 했지만 소용없었다. 삼촌의 의지는 화강암보다도 더 굳건했다.

한스는 뗏목 수리를 막 끝낸 참이었다. 돛은 이미 올라가 바람에 나부끼고 있었다.

그래서 나는 뗏목의 내 자리로 걸어갔다. 하지만 그때 삼촌이 손으로 나를 제지했다.

"내일 떠날 거야."

나는 모든 것을 체념한 사람 같은 몸짓을 했다.

"어떤 기회도 무시하면 안 돼. 운명의 여신이 나를 이 해안에 던져 놓았다면, 그것은 나더러 이곳을 탐험해 보라는 뜻일 거야."

"좋아요. 정찰하러 가요!"

그래서 우리는 한스를 일거리와 함께 남겨 놓고 출발했다. 해안에서 암벽까지 걸어가려면 30분은 걸릴 터였다. 고대 동물들이 서식했던 수많은 조가비가 발밑에서 부서졌다. 조가비의 모양과 크기는 다양했다. 지름이 5미터나 되는 거대한 것도 있었다. 땅은 그 밖에도 수많은 돌멩이로 덮여 있었다. 옛날에는 이 땅도 바다였을 것이다. 이제 파도가 닿지 않는 곳에 흩어져 있는 바위들에는 파도가 지나간 흔적이 또렷이 남아 있었다.

이것은 지하 160킬로미터 깊이에 이렇게 큰 바다가 존재하는 이유를 어느 정도는 설명해 줄 수 있을 것이다. 내 짐작에 따르면 이 바다를 채우고 있는 물은 지표에서 지구의 내장 속으로 조금씩 흘러들어 왔다. 아마 바닷물이 암석의 갈라진 틈새를 통해 목적지에 이르렀을 것이다. 하지만 이 틈새는 이제 막혔다고 생각할 수밖에 없었다. 물이 틈새로 계속 흘러들었다면, 동굴이라기보다 거대한 지하 저수지라고해야 할 이곳은 벌써 물로 가득 찼을 테니까 말이다. 물은 지하의 불과 싸워야 했을 테고, 그래서 일부가 증발했을 것이다. 증발한 수증기는 위에 걸려 있는 구름이 되었고, 지구 내부에 폭풍우를 일으키는 전기도 방출되었다.

우리가 경험한 현상을 설명하는 이 가설이 내게는 썩 만족스럽게 여겨졌다. 자연의 경이가 아무리 놀랄 만한 것이라 해도, 그 경이는 반드시 물리적 이유로 설명할 수 있기 때문이다.

따라서 우리는 일종의 퇴적층 위를 걷고 있었다. 이 퇴적층은 그 시대의 수많은 지반과 마찬가지로 물이 빠지면서 형성된 지층으로, 지구 표면에 광범위하게 분포되어 있었다. 삼촌은 암석의 모든 틈새를 하나하나 주의 깊게 조사했고, 구멍이 있으면 반드시 그 깊이를 쟀다.

리덴브로크해의 연안을 따라 2킬로미터쯤 갔을 때, 갑자기 지형이 달라졌다. 아래 지층이 별안간 밀려 올라와 위아래가 거꾸로 뒤집힌 것 같았다. 곳곳에 우묵한 구덩이와 작은 언덕이 있고, 그곳에는 지층의 위치가 뒤죽박죽되었다는 증거가 남아 있었다.

차돌과 석영과 충적토가 섞여 있는 깨진 화강암 위를 힘들게 나아가자, 눈앞에 갑자기 들판이, 그냥 들판이 아니라 뼈로 뒤덮인 대평원이 나타났다. 그것은 마치 수천 년에 걸친 수많은 세대가 유해를 계속 남긴 드넓은 공동묘지 같았다. 뼈로 이루어진 언덕이 멀리까지 이어져 있고, 지평선 너머까지 굽이치며 흐릿한 안개 속으로 사라지고 있었다.

우리는 강한 호기심에 사로잡혔다. 선사시대 동물들의 뼈는 대도시 박물관들이 한 조각이라도 얻으려고 다툴 만큼 희귀하고 값지다. 그런 귀중한 유해가 우리 발밑에서 메마른 소리를 내며 부서졌다.

나는 너무 놀라서 말이 나오지 않았다. 삼촌은 우리의 하늘인 화강암 천장을 향해 두 팔을 번쩍 들어 올렸다. 삼촌의 입은 딱 벌어져 있었고, 눈은 두꺼운 안경 렌즈 뒤에서 이글이글 타올랐고, 머리는 상하좌우로 계속 움직이고 있었다. 모든 표정이 완전한 놀라움을 나타내고 있었다.

삼촌 앞에 놓여 있는 것은 가치를 따질 수 없을 만큼 귀중한 자료였다. 렙토테리움, 메리코테리움, 로피오돈, 아노플로테리움, 메가테리움, 마스토돈, 프로토피테쿠스, 프테로닥틸루스 등, 태고의 모든 괴물들이 오로지 삼촌을 기쁘게 해 주기 위해 무더기로 쌓여 있었다.

하지만 삼촌의 경외감이 절정에 이르렀을 때, 묘지를 가로질러 달리던 삼촌이 해골 하나를 집어 들고는 떨리는 목소리로 외쳤다.

"악셀! 악셀! 이건 사람 머리야!"

"사람 머리요?" 나는 삼촌 못지않게 놀라서 대답했다.

그것은 분명히 인간의 신체였다. 양피지처럼 팽팽한 피부, 아직도 살이 붙어 있고 적어도 겉보기에는 부드러워 보이는 팔다리, 잘 보존된 치아, 꽤 많이 남아 있는 머리카락, 놀랄 만큼 긴 손톱과 발톱까지 갖추고 있었다.

나는 다른 시대에서 온 이 유령을 보고 너무 놀란 나머지, 벌어진 입이 다물어지지 않았다. 평상시에는 무엇에 대해서든 일장연설을 하고 싶어 안달하는 삼촌도 지금은 말문이 막혔는지, 침묵하고 있었다. 우리는 미라를 바위에 기대어 세워 놓았다. 미라는 텅 빈 눈구멍으로 우리를 바라보았다. 미라를 움직이자, 공명 상자 같은 가슴 속에서 윙 하는 소리가 울렸다.

잠시 침묵이 흐른 뒤 삼촌은 오토 리덴브로크 교수로 돌아갔다. 삼촌은 미라에 넋을 잃고, 우리가 지금 처해 있는 상황도, 지금 우리 주위에 펼쳐져 있는 환경도, 우리가 들어와 있는 거대한 동굴도 까맣게 잊어버렸다. 교수다운 말투로 상상 속의 청중을 향해 말하기 시작한 것을 보면, 대학에서 학생들에게 강의를 하고 있다고 생각한 모양이다.

"여러분, 신생대 제4기의 인간을 여러분에게 소개하게 된 것을 기쁘게 생각합니다. 몇몇 고명한 학자들이 제4기에는 인류가 존재하지 않았다고 주장했지만, 그에 못지않게 유명한 다른 학자들은 그때 이미 인류가 존재했다고 주장했지요. 여러분, 여기 미라가 있습니다. 여러분이 직접 살펴보고 손으로 만져 봐도 좋아요. 이건 단순한 해골이 아니라, 인류학적 목적을 위해 보존된 완전한 인체입니다!"

나는 이 주장에 굳이 반대하지 않았다.

"황산 용액으로 이 미라를 씻을 수 있다면, 피부에 묻어 있는 흙과 조가비를 모두 제거할 수 있을 것입니다. 그러나 지금은 그 귀중한 용액을 구할 수가 없군요. 그래도 이 미라는 지금 상태로도 자신의 이야기를 해 줄 것입니다."

여기서 삼촌은 화석이 된 시체를 들어 올려, 장터의 흥행

사처럼 그것을 능숙하게 다루었다.

"보시다시피 이 미라는 키가 180센티미터도 안 됩니다. 이른바 거인과는 거리가 멀어요. 인종은 분명 코카소이드, 흔히 말하는 백인종, 우리와 같은 인종입니다. 두개골은 타원형이고 균형이 잘 잡혀 있습니다. 광대뼈는 별로 발달하지 않았고, 턱이 튀어나오지도 않았어요. 나는 이런 연역법을 계속 추진하여, 이 인체 표본은 인도 아대륙에서 서유럽 끝까지 퍼져 있는 아리아인에 속한다고 감히 말하겠습니다. 웃지 마세요!"

아무도 웃고 있지 않았지만, 삼촌은 학술적인 열변을 토할 때마다 사람들의 얼굴에 미소가 번지는 데 익숙해져 있었다.

"그렇습니다." 삼촌은 다시 활기차게 말을 이었다. "이것은 화석 인간입니다. 하지만 이 화석 인간이 어떤 경로로 여기에 도착했는지, 이 화석 인간이 갇힌 지층이 어떻게 지구 내부의 이 거대한 동굴 속으로 내려왔는지, 그것은 나도 모릅니다. 하지만 제4기에도 여전히 지구 내부에서 상당한 규모의 지각 변동이 일어나고 있었던 것은 분명합니다. 단정할수는 없지만, 어쨌든 이 남자는 여기에 있고 자기 손으로 만든 물건들에 둘러싸여 있습니다. 돌도끼와 가공된 차돌은 석기시대를 규정하는 대표적인 유물이지요. 이 사람이 진짜 고대 인류인 것은 의심할 수 없습니다."

교수는 연설을 멈추었고 나는 박수를 쳤다. 사실 삼촌의 말이 옳았다. 나보다 유식한 사람도 삼촌의 말에 반대하기는 어려웠을 것이다.

또 한 가지 단서가 있었다. 화석이 된 인체는 이 거대한 공동묘지에 하나만이 아니었다. 걸음을 옮길 때마다 다른 유해와 부딪혔다. 숱한 세대에 걸친 인간과 동물이 이 묘지에 뒤섞여 있는 광경은 정말 놀라웠다. 하지만 그때 우리가 풀 수 없는 수수께끼 하나가 떠올랐다.

이 동물들과 인간들은 죽은 뒤에 지각 변동으로 이곳 리덴브로크 해안에 미끄러져 내려왔을까? 아니면 이 지하 세계에서 평생을 보낸 것일까? 지상의 주민들과 마찬가지로, 이 부자연스러운 하늘 아래에서 태어나고 죽었을까? 이제까지는 바다의 괴물과 물고기들만 살아 있는 형태로 우리 앞에 모습을 나타냈지만, 어쩌면 심연의 인간도 이 쓸쓸한 바닷가를 어슬렁거리고 있지 않을까?

23장

300년 전의 단검

그 후에도 우리는 30분 동안 층층이 쌓인 뼈를 밟으며 걸어갔다. 불타는 호기심에 사로잡힌 채, 전기의 빛을 받으며 말없이 앞으로 나아갔다. 뭐라고 설명할 수 없는 현상 때문에 그 빛은 균일하게 흩뿌려져 물체의 모든 면을 똑같이 비추고 있었다. 빛은 더 이상 공간의 한 점에서 나오지 않았고, 따라서 그림자도 전혀 없었다. 한여름 날 정오에 적도 지대 한복판에서 수직으로 내리쬐는 햇볕을 받고 있는 듯했다. 안개는 말끔히 사라졌다. 바위와 멀리 있는 산들, 멀리 떨어져 있는 숲, 이 모든 것들이 균일하게 퍼지는 빛 속에서 묘한 모양을 띠고 있었다.

2킬로미터쯤 걸어가자 거대한 숲이 나타났다. 그런데 그

라우벤항 근처에서 보았던 버섯 숲과는 전혀 다른 모습의
숲이었다.

그 숲에는 신생대 제3기 식물들이 장관을 이루고 있었다.
이제는 멸종된 거대한 종려나무와 웅대한 야자나무, 소나무,
주목, 사이프러스가 침엽수를 대표했고, 도저히 뚫고 들어갈
수 없을 만큼 빽빽하게 뒤엉킨 덩굴 식물이 그 나무들을 한
덩어리로 묶어 놓고 있었다. 땅바닥에는 이끼와 노루귀가 융
단처럼 푹신하게 깔려 있었다.

이곳에는 그림자가 없으니까 나무 그늘이라는 말을 쓸 수
있는지 모르겠지만, 어쨌든 나무 그늘에는 시냇물이 졸졸 흐
르고 있었다. 시냇가에는 지상의 온실에서 잘 자라는 나무고
사리가 무성했다. 하지만 이곳의 나무와 풀들은 생기의 원천
인 태양열을 받지 못했기 때문에 색깔이 없었다. 시들어 버
린 것처럼 한결같이 바랜 갈색을 띠고 있었다.

삼촌은 이 거대한 숲속으로 용감하게 들어갔다. 나도 뒤를
따랐지만, 불안한 기분이 전혀 없지는 않았다.

나는 걸음을 우뚝 멈추고 삼촌을 뒤로 잡아당겼다. 깊은
숲속이었지만, 균일한 빛 덕분에 아주 작은 것도 똑똑히 볼
수 있었다. 나는 나무 아래를 어슬렁거리는 거대한 형체를
본 것 같았다. 아니, 틀림없이 보았다. 그것은 거대한 마스토
돈 무리였다. 나는 그 거대한 코끼리 떼를 유심히 지켜보았
다. 기다란 코가 나무 아래에서 뱀처럼 이리저리 움직이고

있었다. 오래된 나무줄기를 거대한 상아로 찔러 껍질을 벗기는 소리가 들렸다. 나뭇가지가 우지끈 부러지고, 나뭇잎이 무더기로 떨어져 괴물의 거대한 입속으로 사라졌다.

삼촌은 마스토돈 무리를 뚫어지게 바라보고 있었다. 그러다가 갑자기 내 팔을 붙잡고 소리쳤다.

"가자! 앞으로!"

"안 돼요, 삼촌! 우리는 무기도 없어요! 저 거대한 짐승들 틈에서 우리가 뭘 할 수 있겠어요? 돌아가요, 삼촌. 어서 돌아가요! 저 괴물들을 화나게 했다가는 어떤 인간도 무사할 수 없어요!"

"어떤 인간도? 아니야, 악셀! 저기를 봐. 살아 있는 동물이 또 있는 것 같아. 우리와 비슷한 동물. 그래, 인간이야!"

나는 어깨를 으쓱하며 삼촌이 가리키는 쪽을 바라보았다. 세상에! 400걸음 남짓 떨어진 곳에 정말 사람이 있었다. 우리가 전에 뼈 무덤에서 본 화석 인간이 아니라, 거대한 괴물들을 지배할 수 있는 거인이었다. 키는 4미터에 가까웠고, 들소 머리만큼이나 커다란 머리통은 더부룩한 머리털에 반쯤 가려져 있었다. 거인은 나뭇가지를 손에 쥐고 채찍처럼 휘둘렀다.

우리는 멍하니 선 채 꼼짝도 하지 못했다. 하지만 거인이 우리를 발견할지도 모른다. 들키기 전에 빨리 달아나야 한다.

나는 삼촌을 끌면서 소리쳤다.

"도망쳐요!"

삼촌은 난생처음으로 내 말에 따랐다.

15분 뒤에 우리는 그 가공할 거인의 시야에서 벗어났다.

지금은 내 마음에 평화가 돌아왔고, 이 기묘하고 초자연적인 존재와 마주친 지도 벌써 여러 달이 지났기 때문에 그때 일을 차분히 생각해 볼 수 있게 되었다. 그 일을 어떻게 생각해야 할까? 아니, 절대 있을 수 없는 일이다! 그렇다고 헛것을 본 것도 분명 아니었다. 그렇다면 인간이 아니라 인간과 비슷한 신체 구조를 가진 동물, 가령 원시 시대의 원숭이를 사람으로 잘못 본 것이라고, 나는 그렇게 믿고 싶었다.

어쨌든 우리는 맑고 밝은 그 숲을 떠났다. 삼촌도 나도 충격 때문에 말문이 막혔다. 우리는 이성을 잃을 만큼 공포에 짓눌려 무작정 달리지 않을 수 없었다. 우리는 본능적으로 리덴브로크해를 향해 정신없이 달렸다.

내가 지금 달리고 있는 곳은 한 번도 와 본 적이 없는 곳이 분명한데, 그라우벤항을 생각나게 하는 바위가 계속 눈에 띄었다. 사실 이것은 나침반이 알려준 정보, 즉 우리가 본의 아니게 리덴브로크해 북쪽으로 되돌아왔다는 것을 뒷받침하는 것이었다.

나는 여기가 어디인지 판단할 수가 없다고 삼촌에게 말했다. 삼촌도 나처럼 의아해하고 있었다. 어디나 똑같아 보이는 풍경 속에서 삼촌도 길을 찾지 못하고 있었다.

"출발점으로 되돌아오지는 않은 모양이에요. 폭풍에 밀려서 출발점보다 조금 아래쪽에 닿은 게 분명해요. 그러니까 해안을 따라가면 그라우벤항이 나올 거예요."

"그렇다면 탐험을 계속하는 건 아무 의미도 없겠군. 뗏목으로 돌아가는 게 좋겠다."

"확실히 말하기는 어려워요. 이 바위들은 모두 비슷비슷해 보이니까요. 하지만 저기 저 곳은 한스가 뗏목을 만들던 바로 그곳인 것 같은데요."

나는 눈에 익은 듯한 후미를 바라보면서 덧붙였다.

"그러니까 그라우벤항은 틀림없이 이 근처 어딘가에 있을 거예요."

"그렇다면 적어도 우리 발자국은 보여야 할 텐데, 아무것도 안 보여."

나는 모래톱 위에서 반짝이는 물체를 향해 달려가면서 외쳤다,

"저는 보이는데요!"

"그게 뭐지?"

"자, 보세요!"

나는 모래에서 집어 든 녹슨 칼을 삼촌에게 보여 주었다.

"아니, 이런! 네가 갖고 있었던 거냐?"

"천만에요. 삼촌이 갖고 계셨던 거 아닌가요?"

"아니, 나는 전혀 모르는 일이야. 일부러 이런 걸 몸에 지닌 적은 한 번도 없어."

"그렇다면 정말 이상하군요."

"이상할 것 없어. 아이슬란드 사람들은 대개 이런 무기를 지니고 다니니까, 한스의 칼일 거야. 아마 모르고 떨어뜨렸겠지."

나는 고개를 저었다. 한스는 결코 이런 칼을 지니고 있지 않았다.

"그렇다면 원시 시대에 살았던 어느 전사의 무기일까요? 아까 본 그 덩치 큰 목동처럼 석기 시대에 살고 있는 사람일까요? 아니, 그럴 리가 없어요. 이건 석기 시대의 물건이 아니에요. 청동기 시대도 아니에요. 이 칼날은 쇠로 만들어졌고……."

삼촌은 또다시 엉뚱한 방향으로 치닫고 있는 나를 가로막고 냉정한 투로 말했다.

"진정해라, 악셀. 정신 차려. 이 칼은 16세기에 만들어진 진짜 단검이야. 귀족들이 적의 숨통을 끊기 위해 허리띠에 차고 다닌 물건이지. 이건 스페인에서 만들어진 거야."

"그렇다면……?"

"이 칼날을 잘 봐. 사람의 목을 베었다고 해서 이런 식으로 이가 빠지지는 않아. 게다가 녹으로 완전히 덮여 있어. 백 년 동안 여기에 놓여 있었다 해도 이처럼 두껍게 녹이 슬지는 않아."

언제나 그렇듯이 삼촌은 상상력을 발휘하는 동안 차츰 흥분하기 시작했다.

"악셀, 위대한 발견이 우리 눈앞에 놓여 있다. 이 칼은 100년, 200년, 300년 동안 모래 위에 놓여 있었어. 칼날이 이렇게 이가 빠진 건 이 땅속 바닷가에 있는 바윗돌과 그동안 무수히 부딪쳤기 때문이야."

"하지만 칼 혼자 여기 올 수는 없었을 거예요. 그렇다면 누군가가 우리보다 먼저 이곳에 온 게 분명해요."

"그래, 인간이지."

"그게 누구일까요?"

"이 칼로 바위에 이름을 새긴 사람. 그 목적은 지구의 중심으로 가는 길에 다시 한번 자신의 흔적을 남기는 것이었어. 어디 한번 찾아보자."

우리는 흥분하여 높은 절벽을 따라 걸으면서 지구의 중심으로 이어지는 통로를 찾았다. 통로가 될 만한 틈새라면 아무리 작은 구멍도 빠짐없이 살펴보았다.

우리는 해안이 점점 좁아지는 곳에 이르렀다. 바다가 벼랑 기슭에 바싹 다가와 있어서, 해안의 너비는 2미터도 채 안되었다. 불쑥 튀어나온 두 개의 바위 사이에 어두운 통로의 입구가 나타났다.

그곳 화강암 위에 신비로운 글자 두 개가 새겨져 있었다.

비바람에 마모된 그 글자는 대담하고 기상천외한 탐험가의 이름을 나타내는 머리글자였다.

“아르네 사크누셈!” 삼촌이 외쳤다. “역시 아르네 사크누셈이야!”

24장

장애물 제거

이 여행을 시작한 뒤 나는 놀라운 일을 수도 없이 겪었다. 그래서 이제는 면역이 생겨, 어지간한 일에는 놀라지 않고 시큰둥할 줄 알았다. 하지만 300년 전에 이 자리에 새겨진 두 글자를 보고는 망연자실할 만큼 놀랐다. 바위에 새겨진 탐험가의 서명을 또렷이 읽을 수 있었을 뿐 아니라, 그가 자신의 이름을 새기는 도구로 사용한 칼도 내 손에 쥐어져 있었기 때문이다. 이제는 더 이상 그 탐험가의 존재를 의심할 수도 없었고, 또 그가 지구 속을 여행한 사실도 의심할 수 없었다.

이런 생각이 내 머릿속에서 소용돌이치는 동안, 삼촌은 아르네 사크누셈을 지나치다 싶을 정도로 찬양하고 있었다.

"아아, 놀라운 천재여! 당신은 지구 속으로 들어가는 길을 다른 사람들에게 열어 주려고 모든 노력을 아끼지 않았군요. 이제 당신의 후배들은 300년 전에 당신이 이 지하 통로에 남겨 놓은 흔적을 따라갈 수 있게 되었습니다! 지구의 중심에도 당신은 또다시 당신 손으로 이름을 새겨 놓았겠지요. 나도 여기, 이 화강암에 내 이름을 새겨 두려 합니다. 하지만 당신이 처음 발견한 이 바다에서 당신이 처음 본 이 곳은 앞으로 사크누셈곶이라는 이름으로 알려질 것입니다!"

열정이 내게도 전염되는 듯한 느낌이 들었다. 가슴속에서 불이 활활 타오르기 시작했다. 나는 모든 것을 잊어버렸다. 여행의 위험도, 어떻게 돌아가나 하는 걱정도 다 잊어버렸다. 다른 사람이 한 일이라면 나도 해 보고 싶었고, 남이 할 수 있었던 일을 나라고 못할 게 뭐냐 하는 생각도 들었다.

"갑시다! 전진!"

내가 앞뒤 생각 없이 어두운 통로를 향해 달려가고 있을 때 삼촌이 나를 말렸다.

"우선 한스부터 찾아보자. 그런 다음 뗏목을 이리로 가져와야겠다."

한스가 있는 곳에 이르자, 당장이라도 떠날 수 있도록 모든 준비가 갖추어져 있었다. 짐도 모두 뗏목에 실려 있었다. 우리는 뗏목에 올라타고 돛을 올렸다. 한스가 키를 잡고, 해안을 따라 사크누셈곶 쪽으로 뗏목을 몰았다.

세 시간의 항해 끝에 오후 6시쯤 마침내 상륙하기 좋은 곳에 이르렀다. 내가 먼저 해안으로 뛰어내리자 삼촌과 한스도 내 뒤를 따랐다.

삼촌은 램프를 켰다. 뗏목은 해안에 묶인 채 방치되었다. 통로 입구는 20미터도 채 떨어져 있지 않았다. 둥근 입구는 지름이 1.5미터 정도였다. 어두운 통로는 자연 그대로인 바위에 뚫려 있었다. 옛날 그곳을 지나간 용암이 뚫어 놓은 천연 동굴이었다. 바닥은 지면과 거의 같은 높이여서 쉽게 들어갈 수 있었다.

거의 수평으로 이어진 통로를 따라 대여섯 걸음 들어가자 거대한 장애물이 앞을 막아섰다.

"제기랄!" 나는 그 넘을 수 없는 장애물에 낙담하여 소리쳤다.

장애물은 거대한 화강암 덩어리였다. 빠져나갈 길이 없을까 하고 상하좌우를 모두 살펴보았지만, 길은 전혀 없었다. 한스가 램프로 벽을 샅샅이 비추었다. 하지만 벽도 틈새 하나 없이 완전히 이어져 있었다. 장애물을 통과할 수 있을지도 모른다는 희망은 버릴 수밖에 없었다.

나는 땅바닥에 주저앉았다. 삼촌은 통로 안을 큰 걸음으로 오락가락하고 있었다.

"사크누셈은 어떻게 된 거죠?" 내가 소리쳤다.

"사크누셈도 이 돌문에 가로막혔을까?"

"아니에요! 이 바위는 지진이나 그 비슷한 현상 때문에 굴러떨어졌을 거예요. 통로는 갑자기 막힌 게 분명해요. 사크누셈이 지상으로 돌아가고 나서도 한참 뒤에 이 바위가 떨어졌을 거예요. 이 통로가 전에 용암이 지나간 길이고, 화산 분출물이 이 통로를 자유롭게 흐른 것은 분명하잖아요? 보세요. 저 화강암 천장의 갈라진 틈새는 최근에 생긴 거예요. 이건 우연한 장애물이고, 사크누셈은 이 장애물을 만나지 않았어요. 이 난관을 극복하지 못하면 우리는 세계의 중심에 도달할 자격이 없어요!"

"곡괭이로 길을 뚫어 보자꾸나." 삼촌이 말했다.

"곡괭이로 부수기에는 암벽이 너무 단단해요."

"그럼 얼음끌로 구멍을 뚫어 볼까."

"끌로 뚫기에는 바위가 너무 두꺼워요."

"하지만……."

"그렇다면 화약밖에 없군요. 그래요. 폭파하는 겁니다! 장애물에 구멍을 뚫고 화약을 재서 폭파합시다!"

"폭파한다고?"

"바위를 조금만 깨부수면 돼요!"

"좋아!" 삼촌이 소리쳤다. "한스, 준비해!"

한스는 뗏목으로 돌아가서, 폭약 구멍을 뚫는 데 쓸 곡괭이를 들고 돌아왔다. 쉬운 일은 아니었다. 솜화약 20킬로그램을 재려면 상당히 큰 구멍을 뚫어야 했기 때문이다. 솜화약의 폭발력은 보통 화약보다 네 배나 강하다.

나는 극도의 흥분 상태에 빠져 있었다. 한스가 일하는 동안 나는 열심히 삼촌을 거들었다. 삼촌은 축축하게 적신 솜화약을 헝겊으로 싸서 긴 도화선을 만들고 있었다.

"해낼 수 있을 거예요!"

"물론이지."

일은 한밤중에 끝났다. 바위에 뚫은 구멍에다 화약을 채워 넣고, 도화선을 통로 밖으로 끌어냈다.

이제 도화선에 불만 댕기면 이 장치를 작동시킬 수 있었다.

"내일까지 기다리자." 삼촌이 말했다.

나는 무려 여섯 시간 동안의 지루한 기다림을 감수해야 했다!

이튿날인 8월 27일 목요일은 우리의 여행에서 중요한 날이었다. 지금도 그날을 생각하면 공포가 되살아나서 심장 박동이 빨라지곤 한다.

우리는 아침 6시에 일어났다. 화강암 덩어리를 폭파하여 길을 뚫을 순간이 왔다.

나는 도화선에 점화하는 영광을 달라고 요구했다. 불을 붙이고 나면 곧바로 삼촌과 한스가 있는 뗏목으로 달려가기로 했다. 뗏목에는 아직 짐이 실려 있었다. 우리는 폭발의 위험을 피해 뗏목을 타고 바다로 나갈 계획이었다. 계산한 바로는 도화선이 다 타는 데 걸리는 시간은 10분 정도였다.

서둘러 아침을 먹은 뒤에 삼촌과 한스는 뗏목에 올라탔다. 나는 해안에 남았다. 손에는 불이 켜진 등잔을 들고 있었다. 그것으로 도화선에 불을 붙일 작정이었다.

나는 곧장 통로 입구로 걸어갔다. 등잔을 열고 도화선 끝을 집어 들었다. 삼촌은 손에 크로노미터를 들고 있었다.

"준비됐니?" 삼촌이 소리쳤다.

"예."

"그럼, 점화!"

나는 도화선 끝을 재빨리 불꽃 속에 밀어 넣었다. 도화선이 칙칙 소리를 내며 타기 시작하자 나는 해안으로 달음박질쳤다.

한스가 힘껏 뗏목을 밀어냈다. 뗏목은 해안에서 40미터쯤 밀려 나갔다. 긴장된 순간이었다. 삼촌은 크로노미터 바늘을 들여다보고 있었다.

"5분 남았다…… 4분…… 3분……."

내 심장은 1초에 두 번씩 뛰고 있었다.

"2분…… 1분…… 바위산아, 무너져라!"

다음에 무슨 일이 일어났느냐고? 실제로 폭발음을 들은 것 같지는 않다. 하지만 바위의 모양새가 눈앞에서 확 달라졌다. 암벽이 커튼처럼 짝 갈라졌다. 나는 해안에 깊이를 알 수 없는 구덩이가 입을 딱 벌린 것을 언뜻 보았다. 혼란에 빠

진 바다는 하나의 거대한 파도가 되었고, 뗏목은 그 파도의
물마루 위로 곧장 올라갔다.

우리 세 사람은 모두 쓰러졌다. 순식간에 빛이 캄캄한 어
둠으로 바뀌었다. 이어서 나는 단단한 토대가 사라지는 것을
느꼈다. 처음에는 뗏목이 가라앉고 있는 줄 알았다. 하지만
곧 그럴 리가 없다는 것을 깨달았다. 어둠과 소음, 놀라움과
흥분 속에서도 나는 무슨 일이 일어났는지를 금세 알아차렸
다. 폭발한 바위 너머에는 깊은 심연이 있었다. 폭발은 이미
흔들린 땅에 일종의 지진을 일으켰다. 그래서 깊은 균열이
생겼고, 바다는 거대한 강으로 변하여 우리를 그 틈새로 데
려간 것이다. 나는 이제 끝장이라고 생각했다.

깊은 심연 속으로 떨어지는 동안 어지러운 머리에 떠오른
생각들을 정리하기는 어려웠다. 그것은 하강이라기보다 자
유 낙하에 더 가까웠다. 공기가 내 얼굴을 채찍처럼 때리는
것으로 보아, 낙하 속도는 급행열차보다도 빠른 게 분명했
다. 그런 상황에서는 횃불을 켤 수도 없었을 것이다. 우리에
게 마지막 남은 램프는 폭발로 망가져 버렸다.

그래서 내 옆에 갑자기 빛이 나타난 것을 보았을 때 나는
깜짝 놀랐다. 한스의 침착한 얼굴이 나타났다. 손재주가 좋
은 한스가 등잔에 불을 켠 것이다.

예상했던 대로 통로는 상당히 넓었다. 뗏목은 소용돌이에
휘말리며 천천히 돌면서 계속 떠내려갔다. 뗏목이 통로 벽에

가까워졌을 때 나는 등불을 벽에 비추어 보았다. 바위의 돌출 부분이 연속된 선처럼 보여서, 움직이는 줄무늬가 우리를 둘러싸고 있는 것 같았다. 이것을 보고 나는 낙하 속도를 대충 짐작할 수 있었다. 내가 어림한 속도는 시속 120킬로미터였다.

삼촌과 나는 가운데가 뚝 부러져 버린 돛대에 등을 기댄 채 충혈된 눈으로 서로를 바라보았다. 우리는, 인간의 힘으로는 도저히 통제할 수 없는 맹렬한 속도에 질식하지 않으려고 바람이 약한 쪽으로 고개를 돌렸다.

나는 짐을 정리하려다가 뗏목에 실어 둔 짐이 대부분 사라진 것을 알았다. 폭발에 따른 파도가 우리를 덮쳤을 때 떠내려간 것이다. 등불을 들고 조사해 보았더니, 계기류 중에서는 나침반과 크로노미터만 남아 있었다. 사다리와 밧줄은 다 없어지고, 돛대에 감긴 밧줄 끝부분만 남아 있었다. 곡괭이도, 끌도, 망치도 다 없어졌다. 게다가 식량은 하루치밖에 남아 있지 않았다.

나는 얼마 남지 않은 식량을 멍하니 바라보았다. 그게 무엇을 의미하는지 알고 싶지도 않았다. 하지만 내가 지금 걱정하고 있는 위험이 도대체 뭐란 말인가? 이 무자비한 급류가 우리를 심연으로 데려가고 있는데, 식량이 몇 달, 아니 몇 년 치가 남아 있다 한들 그게 무슨 소용이란 말인가? 저승사자가 벌써 온갖 형태로 모습을 드러내고 있는데, 굶주림의 고통을 걱정해 봤자 무슨 의미가 있단 말인가?

삼촌에게 모든 것을 털어놓고, 앞으로 얼마나 살 수 있는지, 그 정확한 날수를 한번 계산해 볼까 하는 생각도 들었지만, 나는 용기를 내어 침묵을 지켰다. 그랬다가 삼촌이 자제심이라도 잃게 되면 그보다 더한 낭패가 없겠기 때문이다.

그 순간, 등불이 서서히 희미해지더니 완전히 꺼져 버렸다. 심지가 다 타 버린 것이다. 완전한 어둠이 찾아왔다. 도저히 뚫고 들어갈 수 없는 이 칠흑 같은 어둠을 줄이려고 애써 봤자 아무 소용도 없었다.

얼마나 시간이 흘렀을까. 물의 속도가 훨씬 빨라졌다. 나는 얼굴을 때리는 공기의 힘이 더욱 거세진 것을 보고 그것을 깨달았다. 물의 기울기도 더욱 가팔라졌다. 우리는 이제 미끄러지는 것이 아니라 떨어지고 있는 것 같았다. 내 팔을 잡은 삼촌과 한스의 손에 더욱 힘이 들어갔다.

또 얼마나 시간이 흘렀을까. 갑자기 나는 충격 같은 것을 느꼈다. 뗏목이 단단한 물체에 충돌한 것도 아닌데 갑자기 낙하를 멈춘 것이다. 용오름처럼 거대한 물기둥이 뗏목 위로 부서져 내렸다. 나는 숨이 막혔다. 익사할 것만 같았다.

하지만 이 홍수는 오래 지속되지 않았다. 몇 초 뒤에 나는 다시 공기를 들이마시고 있었다. 삼촌과 한스가 내 팔을 꽉 움켜잡고 있었다. 그리고 뗏목은 여전히 우리 세 사람을 태우고 있었다.

25장

화산 폭발!

밤 10시쯤이었다. 이 최후의 공격을 받은 뒤, 내 감각 기관 가운데 맨 먼저 활동을 시작한 것은 청각이었다. 공격이 끝나자마자 나는 오랫동안 내 귀에 차 있던 굉음을 밀어내고 통로에 내리 덮이는 정적을 들었다. 그런 다음, 마침내 삼촌의 목소리가 속삭임처럼 들려왔다.

"올라가고 있어!"

"무슨 말씀이세요?"

"뗏목이 올라가고 있다고! 정말로 올라가고 있어!"

나는 팔을 뻗어 벽을 만져 보았다. 손에서 피가 났다. 우리는 어마어마한 속도로 올라가고 있었다.

"횃불, 횃불!" 삼촌이 고함을 질렀다.

한스가 간신히 횃불을 켰다. 우리가 위로 올라가고 있는데도 횃불은 위쪽으로 타오르면서 넉넉한 빛을 퍼뜨려 주위를 밝게 비추었다.

"내가 생각한 대로야. 여기는 폭이 8미터도 안 되는 좁은 통로야. 물은 통로 바닥에 이르자 다시 올라가기 시작했고, 물과 함께 우리도 올라가고 있어."

"어디로요?"

"나도 몰라. 어쨌든 우리의 속도는 1초에 4미터, 1분에 240미터, 시속으로는 약 14킬로미터야. 이런 속도로 계속 올라가면 성공할 수 있어!"

"그래요. 도중에 멈추지 않는다면, 그리고 이 통로에 밖으로 나가는 출구가 있다면 성공할 수도 있겠죠. 하지만 통로가 막혀 있다면 어떡하죠?"

"상황은 물론 절망적이지만, 희망이 전혀 없는 것도 아니야. 살아날 가능성도 있다는 얘기지. 우리는 언제든지 죽을 수 있지만, 언제든지 살아날 수도 있어. 그러니까 아무리 작은 기회라도, 기회가 오면 즉각 잡을 수 있도록 준비를 해 두는 게 좋겠다."

"하지만 우리가 할 수 있는 일이 뭔데요?"

"먹어서 힘을 비축해 두는 거야."

나는 이 말에 당황하여 삼촌을 바라보았다. 아까는 차마 털어놓을 수 없었지만, 지금은 사실대로 말할 수밖에 없었다.

"남은 게 이것뿐이에요. 육포 한 토막."

삼촌은 기가 막힌다는 표정으로 나를 바라보았다.

"이래도 우리가 살아날 수 있을 거라고 생각하세요?"

삼촌은 아무 대답도 하지 않았다. 한 시간이 지났다. 나는 심한 배고픔을 느끼기 시작했다. 삼촌과 한스도 나와 똑같은 고통을 맛보고 있었다. 하지만 아무도 그 빈약한 식량에 감히 손을 대려고 하지 않았다.

우리는 여전히 빠른 속도로 올라가고 있었다. 때로는 급상 승하는 열기구에 타고 있는 것처럼 숨도 제대로 쉴 수가 없었다. 하지만 열기구에 탄 사람들은 위로 올라갈수록 추위를 느끼는데, 우리는 정반대 현상을 경험하고 있었다. 기온이 걱정될 만큼 올라가, 거뜬히 40도에 도달해 버린 것이다.

"물에 빠져 죽거나 갈기갈기 찢겨 죽지 않더라도, 그리고 굶어 죽지 않더라도, 산 채로 불에 타서 죽을 가능성은 아직 남아 있네요."

삼촌은 어깨만 으쓱하고 다시 생각에 잠겼다.

기온이 조금 올라간 것 말고는 아무 일도 일어나지 않은 채 한 시간이 지났다. 마침내 삼촌이 침묵을 깨뜨렸다.

"결단을 내려야 해."

"결단요?"

"남은 음식을 몽땅 먹고 체력을 되찾는 거야. 물론 그게 우리의 마지막 식사가 되겠지. 하지만 먹고 나면 시체처럼 축 늘어지는 대신 다시 인간답게 팔팔해질 거야."

"좋습니다. 그럼 먹읍시다!" 나는 소리쳤다.

삼촌은 뗏목이 난파했을 때도 무사했던 육포 토막과 건빵 몇 개를 꺼내, 똑같이 삼등분해서 나누어 주었다. 각자에게 돌아간 양은 500그램 정도였다. 이것으로 우리의 마지막 식사도 끝나 버렸다. 아침 5시였다.

언제나 자신의 직업에 충실한 삼촌은 횃불을 들고 지층의 성질을 열심히 조사하고 있었다. 우리가 어느 지층에 있는지를 알아내려고 애쓰는 모양이었다.

삼촌이 지질학 용어를 중얼거리는 소리가 들렸다.

"분출한 화강암. 우리는 아직 원생대 지층에 있지만, 계속 올라가고 있어! 이렇게 올라가다 보면 또 누가 알아?"

삼촌은 아직도 희망을 버리지 않았다. 삼촌은 암벽을 만지고 있다가, 잠시 뒤에 다시 중얼거렸다.

"편마암, 운모편암. 좋아! 이제 곧 고생대 지층이 나올 거야. 그다음에는……"

도대체 무슨 뜻일까? 압력계도 없는데 삼촌은 어떻게 깊이를 판단할 수 있지?

그러는 동안에도 기온은 엄청나게 올라가고 있었다. 타는 듯이 뜨거운 대기가 우리를 휩싸고 있었다. 그 열기와 견줄 수 있는 것이 있다면, 주물 공장의 용광로가 쇳물을 토해 낼 때 내뿜는 열기뿐이다. 한스와 삼촌과 나는 재킷과 조끼를 차례로 벗었다. 조금이라도 옷을 걸치고 있으면 불편하고 고통스럽기까지 했다.

나는 참다못해 소리쳤다.

"뜨거운 용광로 쪽으로 가고 있는 게 아닐까요?"

"아니야. 그럴 리가 없어! 절대로 그럴 리가 없어!"

"하지만 이 벽은 타는 듯이 뜨거운데요!"

이렇게 말하는 순간 내 손이 수면에 닿았다. 나는 급히 손을 거두어들였다.

"물이 펄펄 끓고 있어요!"

삼촌은 아무 말도 않고 성난 몸짓만 해 보였다.

끔찍한 공포가 내 마음을 사로잡은 채 놓아주려고 하지 않았다. 나는 아무리 대담한 상상력도 감히 상상할 수 없는 무서운 파멸이 닥쳐오고 있음을 느꼈다.

어른거리는 횃불 빛 속에서 나는 화강암층이 진동하는 것을 알아보았다. 전기와 관련된 자연 현상이 일어나려는 게 분명했다. 하지만 이 끔찍한 열기, 부글부글 끓는 물…… 나는 나침반을 보기로 했다.

그런데 나침반이 미쳐 버렸다!

바늘이 격렬하게 요동치며 이쪽저쪽으로 흔들리고, 완전히 당황한 것처럼 문자반 위를 빙글빙글 돌고 있었던 것이다.

폭발이 점점 격렬하게 일어나고 있었다. 그 폭발음과 비교할 수 있는 것은 수십 대의 수레가 자갈길을 쏜살같이 달리면서 내는 소리뿐이다. 우레 같은 폭발음은 쉬지 않고 계속되었다.

"삼촌! 이젠 틀렸어요!"

"이번엔 또 무슨 일이냐? 도대체 왜 그래?"

"왜냐고요? 흔들리고 있는 이 벽을 보세요. 갈라지고 있는 바위, 타는 듯한 열기, 펄펄 끓고 있는 물, 점점 자욱해지고 있는 수증기, 미친 듯이 움직이는 나침반 바늘, 이건 모두 지진이 임박한 징후라고요!"

삼촌은 조용히 고개를 저었다.

"네가 잘못 생각한 것 같구나."

"뭐라고요? 삼촌은 이런 징후들이……."

"지진의 징후라고? 나는 그보다 훨씬 나은 것을 기대하고 있다!"

"무슨 뜻이죠?"

"분화를 기대하고 있다는 얘기야."

"분화라고요! 설마 우리가 활화산이 분출하는 통로에 있는 건 아니겠죠?"

"아니긴. 나는 여기가 용암의 통로라고 생각한다." 삼촌은 빙긋 웃으면서 말했다. "분화야말로 우리한테는 가장 바람직한 행운이야!"

"뭐라고요?" 나는 소리쳤다. "그럼 우리는 화산 한복판에 있군요! 운명이 우리를 시뻘건 용암과 뜨거운 암석과 펄펄 끓는 물과 그 밖의 온갖 분출물이 지나는 통로에 내던져 버린 거예요! 우리는 엄청나게 많은 암석 조각과 소나기처럼 쏟아지는 화산재와 함께 불길의 소용돌이에 섞여 공중으로 발사될 거예요! 화산은 우리를 쫓아내고, 내던지고, 토해 내고, 뱉어 낼 거예요! 그런데 그게 가장 바람직한 행운이라고요?"

"그래." 삼촌은 안경테 너머로 나를 바라보면서 말했다. "왜냐하면 그게 우리가 지상으로 돌아갈 수 있는 유일한 기회니까!"

그 짧은 순간 내 머릿속에는 별의별 생각이 떠올랐지만, 결국은 삼촌 생각이 옳았다. 전적으로 옳았다. 분화의 가능성을 계산하면서 침착하게 때를 기다리고 있는 이 순간만큼 삼촌이 대담하고 자신만만해 보인 적은 없었다.

그러는 동안에도 우리는 계속 올라가고 있었다. 아무 변화도 일어나지 않은 채 밤이 지나갔다. 사방에서 들리는 소리만 점점 커졌을 뿐이다. 나는 거의 질식할 것 같았다. 드디어 마지막 순간이 다가왔다는 생각이 들었다.

우리가 분출의 압력에 밀려 올라가고 있는 것은 분명했다. 뗏목 밑에는 부글부글 끓는 물이 있었고, 그 밑에는 끈적거리는 용암류가 있었다. 그것이 분화구 꼭대기에 이르면 사방

팔방으로 터져 나갈 것이다.

　아침이 가까워지자 상승 속도가 더욱 빨라졌다. 지표면에 가까워질수록 온도가 내려가기는커녕 더 올라가고 있었다. 화산의 영향으로 이 지역만 온도가 올라간 게 분명했다. 우리를 나르고 있는 수송 수단이 무엇인지는 더 이상 의심할 여지가 없었다. 지구 내부에 모인 수증기가 만들어낸 수백 기압의 압력이 저항할 수 없는 엄청난 힘으로 우리를 밀어 올리고 있었다.

　이윽고 수직 통로의 벽에 불타는 듯한 빛이 비쳐 들었다. 통로는 이제 차츰 넓어지고 있었다. 양쪽에 깊은 통로가 보였다. 거대한 터널 같은 통로가 자욱한 수증기와 연기를 내보내고, 시뻘건 불길이 탁탁 소리를 내고 혀를 날름거리며 벽을 핥았다.

　"삼촌, 저것 보세요!"

　"그래. 유황 불꽃이야. 화산이 분출할 때는 지극히 자연스러운 현상이지."

　"하지만 저 불길이 다가와서 우리를 공격하면 어쩌죠?"

　"그러지 않을 거다."

　"가스에 질식하면 어떡하죠?"

　"천만에. 통로는 점점 넓어지고 있어. 필요하다면 뗏목에서 뛰어내려 암벽 틈새로 피난하면 돼."

　"하지만 물은 어떡하죠? 물이 계속 올라오고 있어요!"

"아니야. 물은 하나도 남아 있지 않아. 지금 우리를 밀어 올리고 있는 건 끈적끈적한 용암류일 뿐이야."

물이 사라진 것은 사실이었다. 하지만 물을 대신한 것은 역시 부글부글 끓고 있는 화산 분출물이었다. 기온은 참을 수 없을 정도로 올라가고 있었다. 온도계가 있었다면 아마 70도 이상을 가리켰을 것이다. 나는 온몸이 땀에 흠뻑 젖어 있었다. 빠른 속도로 올라가지 않았다면 우리는 분명 숨이 막혔을 것이다.

아침 8시쯤 처음으로 새로운 사건이 일어났다. 위로 올라가던 뗏목이 갑자기 멈춘 것이다. 이제 뗏목은 꼼짝도 하지 않았다.

나는 뗏목이 무언가에 부딪힌 것처럼 갑자기 멈춘 데 놀라서 물었다.

"무슨 일이죠?"

"막간 휴식이야."

"분화가 멈추었나요?"

"네놈이 걱정하고 있는 건 그거구나. 하지만 안달하지 마라. 이건 일시적인 소강상태일 뿐이니까. 이 상태가 벌써 5분이나 계속되었으니까, 이제 곧 분화구 쪽으로 다시 올라가게 될 거다."

삼촌은 이렇게 말하면서 크로노미터를 들여다보았다. 삼촌의 이 예측도 옳았다는 것이 곧 밝혀졌다. 뗏목은 다시 거

칠고 빠른 흐름에 휩쓸렸고, 이 흐름은 약 2분 동안 계속되다가 다시 멈추었다.

"좋아." 삼촌은 시간을 재면서 말했다. "10분 뒤에 다시 시작할 거야."

"10분요?"

"그래. 이 화산의 분출은 주기적이야. 자신도 한숨 돌리면서 우리도 쉬게 해 주고 있어."

삼촌 말이 옳았다. 정해진 시간에 우리는 다시 엄청난 속도로 올라갔다. 뗏목의 들보에 달라붙지 않았다면 밖으로 내던져졌을 것이다. 이내 뗏목이 또다시 멈추었다.

이런 과정이 몇 번 되풀이되었는지는 나도 모르겠다. 확실한 것은 뗏목이 다시 움직이기 시작할 때마다 더 강한 힘이 우리를 내던졌다는 것뿐이다. 우리는 진짜 대포로 발사된 포탄처럼 휙 올라가곤 했다. 뗏목이 멈추어 있는 동안에는 숨이 막혔다. 움직이고 있을 때는 타는 듯이 뜨거운 공기 때문에 숨을 쉴 수가 없었다. 이렇게 거듭된 충격으로 혼란에 빠진 내 머리는 점점 어지러워지다가 결국 활동을 포기해 버렸다.

그래서 나는 그 후 몇 시간 동안 일어난 일을 확실하게 기억하지 못한다. 끝없는 폭발음이 들리고 땅이 뒤흔들리고 뗏목이 소용돌이친 것을 어렴풋이 기억하고 있을 뿐이다. 뗏목은 비처럼 쏟아지는 화산재 속에서 용암 파도를 타고 오르

내렸다. 뗏목은 으르렁대는 불길에 포위되어 있었다. 거대한 선풍기에서 나오는 듯한 강풍이 땅속의 불을 부채질했다. 불꽃이 내뿜는 빛 속에서 나는 마지막으로 한스의 얼굴을 보았다.

26장

여기가 어디지?

다시 눈을 떴을 때 나는 한스의 억센 손이 내 허리띠를 꽉 움켜잡고 있는 것을 느꼈다. 한스는 다른 손으로는 삼촌을 움켜잡고 있었다. 나는 그렇게 대단한 상처는 입지 않았다. 온몸에 멍이 들어 욱신거릴 뿐이었다. 나는 산비탈에 누워 있었다. 바로 코앞에 깎아지른 벼랑이 있어서, 조금이라도 움직이면 낭떠러지 아래로 떨어질 판이었다. 분화구 옆면을 굴러서 떨어지는 나를 한스가 아슬아슬한 순간에 붙잡아 죽음에서 구해 준 것이었다.

"여기가 도대체 어디지?" 삼촌이 물었다. 지상으로 돌아온 게 짜증스럽다는 투였다.

한스는 자기도 모르겠다는 듯 어깨를 으쓱했다.

"아이슬란드예요." 나는 과감하게 말했다.

한스가 고개를 저었다.

"아니라고?" 삼촌이 소리를 질렀다.

"그럼 여기가 어디죠?" 나는 일어나면서 말했다.

나는 만년설에 덮인 원뿔 모양의 산봉우리가 북극 하늘의 창백한 빛을 받고 서 있는 광경을 보게 될 줄 알았다. 그런데 내 예상과는 정반대로 우리 세 사람은 뜨거운 햇빛이 쏟아지는 산 중턱에 누워 몸을 그을리고 있었다.

나는 내 눈을 믿을 준비가 되어 있지 않았다. 하지만 내 몸이 쨍쨍 내리쬐는 햇볕에 타고 있는 것은 분명한 사실이었다. 분화구에서 나올 때 우리는 반벌거숭이였지만, 우리가 두 달 동안 한 번도 보지 못한 태양이 이제 열과 빛을 우리에게 아낌없이 쏟아붓고 있었다. 찬란한 빛의 파도가 홍수처럼 밀려왔다.

삼촌이 먼저 입을 열었다.

"아무래도 아이슬란드처럼 보이진 않는군."

"그럼 얀마옌섬(아이슬란드 북쪽에 있는 섬)일까요?"

"아닐 거야. 북극권에 있는 화산이라면 봉우리가 화강암이고 꼭대기가 눈에 덮여 있을 텐데, 이 산은 그렇지 않아."

"하지만……."

"봐라, 악셀. 저것 좀 봐!"

우리 머리 위로 150미터도 채 떨어지지 않은 곳에 화산 분화구가 있었다. 거기에서는 15분마다 화산재와 용암이 뒤섞인 높은 불기둥이 귀가 먹먹해지는 폭음과 함께 치솟고 있었다. 산이 숨을 내쉬면서 불과 공기를 내뿜을 때마다 산 전체가 진동하는 것을 느낄 수 있었다. 그리고 산기슭은 여러 종류의 초록빛 나무로 덮여 있었다. 나는 올리브나무와 무화과나무를 알아보았고, 보랏빛 열매가 주렁주렁 매달린 포도나무도 보였다.

북극권의 풍경과는 전혀 다르다는 것을 인정할 수밖에 없었다.

산기슭을 고리처럼 에워싼 초록빛 나무들 너머로 눈길을 던지자, 바다 같기도 하고 호수 같기도 한 풍경이 펼쳐져 있는 게 보였다. 그것을 보고 이 섬이 너비가 몇 킬로미터밖에 안 되는 작은 섬이라는 것을 알 수 있었다. 동쪽에 작은 항구가 보이고, 그 주위에 집이 몇 채 모여 있었다. 특이하게 생긴 배들이 파란 잔물결에 조용히 흔들리고 있었다. 그 너머에는 작은 섬들이 평원처럼 잔잔한 수면 위에 솟아 있었다.

"여기가 도대체 어디지?" 나는 중얼거렸다.

한스는 무심하게 눈을 감았고, 삼촌은 이해할 수 없다는 눈으로 전망을 바라보고 있었다. 그러다가 마침내 입을 열었다.

"이 산이 어떤 산인지는 모르지만, 좀 뜨겁군. 화산 폭발이 아직도 계속되고 있어. 여기 이렇게 있다가 날아오는 돌멩이에 머리가 박살이라도 나면, 모처럼 분화구로 튀어나온 보람이 없지. 그러니까 내려가서 여기가 어디인지 알아보는 게 좋겠다. 게다가 나는 배고프고 목이 말라서 죽을 지경이야."

화산 비탈은 몹시 가팔랐다. 우리는 불타는 뱀처럼 산비탈을 구불구불 흘러내리는 용암류를 피해 화산재 속으로 미끄러져 들어갔다. 화산재는 흐르는 모래 같아서, 잘못 발을 들여놓으면 몸이 쑥 빨려 들어갔다. 힘들게 내려가는 동안 나는 쉬지 않고 재잘거렸다. 머리가 온갖 상상으로 가득 차서 말로 내뱉지 않고는 배길 수가 없었기 때문이다.

"여기는 아시아예요. 인도 해안이나 말레이 제도, 아니면 남태평양 한복판인지도 몰라요! 우리는 지구 속을 완전히 가로질러서 반대쪽으로 나온 거예요!"

"그럼 나침반은?" 삼촌이 물었다.

"아아, 나침반." 나는 당황하여 말했다. "나침반을 믿는다면, 우리는 줄곧 북쪽으로 갔다고 생각하겠지만……."

"그럼 나침반이 거짓말을 했다는 거냐?"

"아니, 꼭 그렇지는 않아요."

설명하기 어려운 무언가가 있었다. 나는 어떻게 생각해야 할지 알 수가 없었다.

그러는 동안, 산 위에서 그렇게 매력적으로 보였던 숲이 가까워졌다. 나는 갈증과 허기에 시달리고 있었다. 다행히 두 시간을 걷자 아름다운 시골이 보이기 시작했다. 그곳은 특별히 임자가 있는 것 같지도 않은 올리브와 포도나무로 뒤덮여 있었다. 거지나 다름없는 우리가 공짜를 마다할 리 없었다. 맛있는 과일을 입에 대고 보랏빛 포도송이를 통째로 덥석 깨물었을 때는 얼마나 황홀했던가! 나는 그리 멀지 않은 나무 그늘 아래 풀숲에서 맑은 샘물을 찾아냈다. 우리는 뛸 듯이 기뻐하며 차가운 샘물에 손과 얼굴을 담갔다.

우리가 이렇게 휴식을 즐기고 있을 때, 올리브 숲 사이에서 한 아이가 나타났다.

"이 축복받은 땅에 사람이 살고 있었군!" 나는 소리를 질렀다.

아이는 다 떨어진 누더기 차림에 깡마른 모습의 우리를 보고 깜짝 놀란 것 같았다. 사실 우리는 반쯤 벌거숭이인 데다 수염까지 텁수룩하게 자라 있었으니, 실로 괴상해 보였을 것이다. 그러니 우리를 보고 겁을 먹은 것도 당연했다.

꼬마가 달아나려 할 때 한스가 재빨리 달려가서 아이를 붙잡았다. 그러고는 아이가 발버둥 치고 비명을 지르는데도 아랑곳하지 않고 우리에게 데려왔다.

삼촌은 우선 아이를 달랜 다음, 유창한 독일어로 물었다.

"얘야, 이 산 이름이 뭐니?"

아이는 대답하지 않았다.

"좋아. 여긴 독일이 아니야."

삼촌이 말하고는, 영어로 똑같은 질문을 했다.

이번에도 아이는 대답하지 않았다. 나는 아이와 삼촌 사이에 벌어지는 장면을 흥미롭게 지켜보았다.

여러 언어를 구사할 줄 아는 것이 큰 자랑인 삼촌은 이번에는 프랑스어로 같은 질문을 되풀이했다.

아이는 여전히 묵묵부답이었다.

"그럼 이번엔 이탈리아어로 물어보자. 여기가 어디지?"

아이는 아무 말도 하지 않았다.

"어서 대답해!"

삼촌은 차츰 화가 나서 아이의 귀를 잡아 흔들며 고함을 질렀다.

"이 섬의 이름이 뭐지?"

어린 양치기 소년은 한스의 손아귀에서 빠져나가 올리브 나무 사이로 달아나면서 대답했다.

"스트롬볼리."

이 이름을 듣는 순간 나는 눈앞이 하얘지고 멍한 기분이 들었다. 스트롬볼리라면 이탈리아의 시칠리아섬 북쪽에 있는 화산섬이 아닌가. 그렇다면 우리는 지금 지중해 한복판에 있는 것이다. 그렇다면 동쪽의 둥근 산들은 칼라브리아산맥이고, 남쪽 수평선에 보이는 저 산은 무시무시한 에트나 화산이었다!

"스트롬볼리, 스트롬볼리!" 나는 몇 번이고 그 이름을 되뇌었다.

삼촌도 말과 몸짓으로 나에게 장단을 맞추었다. 우리는 똑같은 가락으로 노래를 부르고 있는 합창단 같았다.

아아, 얼마나 멋진 여행인가! 얼마나 놀라운 여행인가! 우리는 화산으로 들어가서 다른 화산으로 나왔는데, 이 화산은 세계의 바깥쪽 끝인 아이슬란드의 황량한 해안에 있는 스나이펠스산에서 거의 5,000킬로미터나 떨어져 있었다! 이 탐험은 우연히도 우리를 세상에서 가장 아름답고 혜택받은 고장으로 데려다주었다! 우리는 만년설에 덮여 있는 땅을 떠나, 무성한 초목으로 덮여 있는 땅에 왔다. 이제 우리 머리 위에 있는 것은 얼어붙은 듯이 추운 황무지의 잿빛 안개가 아니라, 시칠리아의 짙푸른 하늘이었다!

맛있는 과일과 시원한 샘물로 즐거운 식사를 마친 뒤, 우리는 스트롬볼리 항구를 향해 출발했다.

도중에 삼촌이 중얼거리는 소리가 들렸다.

"그런데 나침반은 어떻게 된 거지? 나침반은 분명히 북쪽을 가리키고 있었는데. 도대체 이유가 뭘까?"

"그건 굳이 해명하려 들지 않는 게 훨씬 속 편해요!"

"뭐라고? 명색이 대학교수인데, 자연계에서 일어난 현상의 원인을 찾아내지 못한다면 그건 정말 수치스러운 일이야!"

반쯤 벌거숭이에다 가죽 허리띠를 두르고 코에 안경을 얹은 삼촌은 그렇게 말하면서 다시 무서운 광물학 교수로 돌아갔다.

우리는 올리브 숲을 떠난 지 한 시간 만에 산빈첸초 항구에 도착했다. 여기서 한스는 13주일째 급료를 청구하여, 급료와 함께 진심 어린 악수까지 덤으로 받았다. 그 순간 한스는, 우리와 똑같은 자연스러운 감정을 느끼지는 않았다 해도, 지극히 이례적으로 감정을 드러냈다.

손가락 끝으로 우리 손을 가볍게 쥐면서 싱긋 미소를 지은 것이다.

27 장

귀국

스트롬볼리의 어부들은 우리를 조난자로 따뜻하게 맞아 주고, 음식과 옷을 주었다. 이틀을 꼬박 기다린 뒤, 8월 31일에 우리는 작은 배를 타고 메시나(시칠리아섬 북동쪽에 있는 항구 도시)로 갔다. 그리고 메시나에서 며칠 쉬면서 쌓인 피로를 풀었다.

9월 4일 금요일, 우리는 프랑스의 우편선인 '볼튀른호'를 타고 사흘 뒤에 마르세유(프랑스 남부 지중해 연안의 항구 도시)에 상륙했다. 단 하나 마음에 걸리는 것은 나침반 문제였다. 뭐라고 설명할 수 없는 이 문제는 계속 나를 괴롭혔다. 9월 9일 저녁에 우리는 함부르크에 도착했다.

마르테가 얼마나 놀라고 그라우벤이 얼마나 기뻐했는지

는 구태여 말하지 않겠다.

　사랑스러운 약혼녀가 말했다.

　"악셀! 당신은 이제 영웅이니까, 다시는 내 곁을 떠나지 않아도 될 거예요."

　나는 그라우벤을 바라보았다. 그라우벤은 울면서 웃고 있었다.

　리덴브로크 교수의 귀향이 함부르크에 얼마나 커다란 흥분을 불러일으켰는지는 상상에 맡기겠다. 마르테가 가볍게 입을 놀린 덕분에, 리덴브로크 교수가 지구의 중심으로 떠났다는 소식은 전 세계로 퍼져 나가 있었다. 사람들은 믿지 않으려 했고, 리덴브로크 교수가 돌아온 것을 보고는 더욱 믿으려 하지 않았다.

　하지만 한스의 존재와 아이슬란드에서 날아온 몇 가지 소식이 여론을 바꾸었다.

　결국 삼촌은 위대한 인물이 되었고, 위대한 인물의 조카인 나도 덩달아 대단한 존재가 되었다. 함부르크시에서는 우리를 위해 시민 환영회를 열어 주었다. 대학에서는 공식 보고회가 열렸는데, 여기서 삼촌은 나침반 사건만 빼고 우리의 탐험을 상세히 보고했으며, 함부르크의 박물관에 사크누셈의 고문서를 기증했다. 삼촌은 명예를 얻고도 겸손했기 때문에 평판이 더욱 높아졌다.

　물론 그렇게 많은 명예를 얻으면 시샘하는 사람이 생기게 마련이다. 삼촌도 당연히 질시의 대상이 되었다. 확실한 사실에 바탕을 둔 삼촌의 이론은 지구의 중심에 불이 있다는 학설을 정면으로 부인했기 때문에, 삼촌은 모든 나라의 과학자들과 글이나 말로 논쟁을 벌였다.

이런 문제가 아직 뜨거운 논쟁거리가 되고 있을 때 삼촌은 큰 슬픔을 겪었다. 삼촌이 같이 지내자고 그렇게 간청했는데도 한스가 함부르크를 떠나기로 결심한 것이다. 그는 향수병을 이기지 못하고 결국 고향으로 돌아갔다. 나는 영원히 그를 잊지 못할 것이다. 죽기 전에 반드시 그를 다시 한번 만날 작정이다.

이런 와중에도 걱정거리 하나가 뇌리에 박혀 있었다. 바로 나침반 문제였다. 해명할 수 없는 사실은 과학자에게는 정신적 고문이다.

어느 날 나는 삼촌의 서재에서 광물 표본을 정리하다가, 수많은 논란의 대상이 된 나침반을 발견하고 그것을 다시 조사하기 시작했다.

나침반은 자기가 어떤 소동을 일으키고 있는지는 꿈에도 모른 채, 여섯 달 동안 구석에 처박혀 있었다.

나는 깜짝 놀랐다. 그리고 소리를 질렀다. 삼촌이 달려왔다.

"왜 그래?"

"나침반이……."

"나침반이 왜?"

"바늘이 북쪽이 아니라 남쪽을 가리키고 있어요!"

"도대체 무슨 소리를 하려는 거냐?"

"보세요. 남극과 북극이 뒤바뀌었어요!"

"뒤바뀌었다고?"

삼촌은 그 나침반을 들여다보고 재빨리 다른 나침반과 비교해 본 다음, 집 전체가 뒤흔들릴 만큼 공중으로 펄쩍 뛰어올랐다.

삼촌의 마음과 내 마음에 동시에 광명이 비쳤다!

다시 말을 할 수 있게 되자 삼촌이 소리쳤다.

"그러니까 우리가 사크누셈곳에 도착했을 때 이놈의 나침반 바늘은 북쪽이 아니라 남쪽을 가리키고 있었구나?"

"맞아요."

"그렇다면 우리가 잘못 생각한 것도 설명이 돼. 하지만 도대체 무엇 때문에 남극과 북극이 뒤바뀌었을까?"

"그건 아주 간단해요. 리덴브로크해에서 폭풍을 만났을 때 불덩어리가 뗏목에 있는 쇠붙이를 몽땅 자석으로 만들어 버렸잖아요. 그때 나침반도 극이 바뀌어 버린 거예요."

"아아!" 삼촌은 소리를 지르고는 이내 웃음을 터뜨렸다.

"그러니까 이게 다 전기가 저지른 장난이었군그래."

그날부터 삼촌은 세상에서 가장 행복한 과학자가 되었다. 그리고 나는 세상에서 가장 행복한 남자가 되었다. 아름다운

그라우벤이 쾨니히가의 집에서 내 아내이자 삼촌의 피후견
인이라는 두 가지 자격으로 한 가족이 되었기 때문이다.